Wilhelm von Christ

Zur Chronologie des altgriechischen Epos

Wilhelm von Christ

Zur Chronologie des altgriechischen Epos

ISBN/EAN: 9783743331501

Hergestellt in Europa, USA, Kanada, Australien, Japan

Cover: Foto ©Andreas Hilbeck / pixelio.de

Manufactured and distributed by brebook publishing software (www.brebook.com)

Wilhelm von Christ

Zur Chronologie des altgriechischen Epos

Wohl in keiner chronologischen Frage gehen die Meinngen so weit auseinander als in der Frage nach der Zeit es Homer und der ältesten epischen Poesie der Griechen. Vas die Alten darüber dachten ist uns bekanntlich am usführlichsten von zwei christlichen Schriftstellern, von 'atianus, or. ad Graecos c. 31, und Clemens Alexandrinus, ;rom. I c. 21, überliefert. Wir finden da die respectable)ivergenz von circa 500 Jahren, indem Hellanikos seinen Iomer zum Zeitgenossen des trojanischen Krieges machte, er Historiker Theopomp den Dichter 500 Jahre nach den 'roika zur Zeit des Einfalls der Kimmerier leben liess, von er in der Mitte liegenden Zeit fast alle wichtigeren Epochenihre Vertreter in den hervorragendsten Grammatikern und [istorikern gefunden haben.[1]) Dass keiner jener Ansätze den

---

1) Besprochen sind die verschiedenen Daten besonders von . Thiersch über die Zeit und das Vaterland des Homer, Lauer [1884. Philos.-philol. hist. Cl. 1.]

Anspruch auf eine feste sichere Ueberlieferung machen kann, dass vielmehr alle auf mehr oder minder geschickte Combinationen über das Verhältnis Homers zu Hesiod, seine Begegnung mit Lykurg, die Stellung der homerischen Poesie zu den grossen Veränderungen im Leben Griechenlands in Folge der dorischen Wanderung und der Kolonisation Kleinasiens fussen, muss jetzt nach den Untersuchungen von Erwin Rohde[1]) als feststehend angesehen werden. Aber so sehr uns jene Forschungen auch über den Grund der verschiedenen Angaben der Alten aufgeklärt haben, so wenig ist über die wirkliche Lebenszeit des Homer ein sichereres Wissen oder auch nur eine grössere Uebereinstimmung der Gelehrten erzielt worden. Umgekehrt hat die Divergenz nur noch bedeutend zugenommen, wenn auch bloss durch die Träumereien von Dilettanten, von denen Krichenbauer[2]) auf Grund astronomischer Berechnungen die Ilias in das Jahr 1246 hinaufrückt und umgekehrt Paley[3]) durch vollständige Umkehr der Sagengeschichte Ilias und Odyssee erst lange nach dem epischen Kyklos in der Zeit des Plato verfasst und abgeschlossen sein lässt. Doch sehen wir auch von diesen phantastischen Hypothesen ab, ohne uns auf eine ernstliche Widerlegung der unbewiesenen Voraussetzungen einzulassen und lassen wir vorerst auch die auf weitaussehenden Combinationen

---

Geschichte der homerischen Poesie S. 115 ff., Sengebusch Homerica dissertatio posterior p. 75 sqq., Düntzer die homerischen Fragen S. 119 ff.

1) Rohde im Rhein. Museum XXXVI 380 ff. u. 1881.

2) Krichenbauer, Beiträge zur homerischen Uranologie und Alter der Ilias in Z. f. ö. G. IX 873. Es ist derselbe Gelehrte, der auch über die Afrikaumschiffung des Odysseus wunderliche Phantasien seinen Lesern aufgetischt hat.

3) Paley, Homeri quae nunc exstant an reliquis cycli carminibus antiquiora iure habita sint. London 1878.

beruhende Ansicht Gladstone's[1]) bei Seite, so hat sich doch auch unter den philologischen Fachgenossen keineswegs eine Ausgleichung oder Annäherung der verschiedenen Meinungen herausgestellt. So setzt Bergk, Griech. Lit. S. 468 die alte Ilias circa 943 v. Chr., lässt Bern. Thiersch, Zeitalter und Vaterland des Homer S. 197 den Homer in den ersten Decennien nach Trojas Fall, Nitzsch, de historia Homeri p. 33, circa Olympiadum initium leben, und rückt Kirchhoff, die homerische Odyssee S. 315 und 287, die letzten Bestandteile der Odyssee bis auf Ol. 30 herab. Ich will hier in dieser Abhandlung nicht den Stier bei den Hörnern packen, sondern nur von sicheren datierbaren Thatsachen ausgehend der Wahrheit näher zu kommen suchen. Dabei werde ich mich möglichster Präcision befleissigen und das Resultat meiner Untersuchungen gleich in festen Sätzen den einzelnen Abschnitten voranstellen. Freilich werde ich dabei vieles, namentlich alles, was ich über das chronologische Verhältnis der Ilias zur Odyssee, sowie der einzelnen Teile jener Dichtungen zu einander in meiner Ausgabe der Ilias und in meiner Abhandlung, Homer oder Homeriden, ermittelt habe, als erwiesen voraussetzen und für diejenigen Stellen der Ilias und Odyssee, welche ich als späte Interpolationen anführe, nicht mehr von neuem den Nachweis der Interpolation führen.

Die jüngsten Interpolationen der Ilias und Odyssee fallen in die Zeit nach den Kyklikern und gehen bis über den ersten messenischen Krieg herab.

Unter Interpolationen verstehe ich hier weder vereinzelte Verse, noch ganze Rhapsodien, sondern Partien mittleren Umfangs, welche von jüngeren Homeriden in die älteren Gesänge eingesetzt oder ihnen angefügt wurden. Zu

---

1) Gladstone, homeric synchronism, London 1876, auf welches Buch ich im letzten Teile des Aufsatzes zurückkommen werde.

dieser Klasse gehören die Verse T B26—337, in denen der Aufenthalt des Sohnes des Achill, Neoptolemos, in Skyros erwähnt ist, von dem unsere alte Ilias nichts weiss, wovon aber ausführlich von Stasinos[1]) in den Kyprien und von Lesches in der kleinen Ilias gehandelt war. Wir dürfen deshalb wohl annehmen, dass erst Stasinos oder Lesches die Fabel erfunden und ein Interpolator sie aus den Werken jener Kykliker oder auch aus der jüngeren Odyssee λ 506 in unsere Ilias eingeschwärzt hat[2]). Sodann stammen die bereits von Aristarch verworfenen Verse Ω 28—30, welche auf das von Homer noch nicht gekannte Parisurteil Bezug nehmen, sicherlich aus den Kyprien des Stasinos, in welchen jenes Urteil an hervorragender Stelle gleich im Eingang geschildert war. Vielleicht ist auch die Interpolation im Anfang des-

1) Ich bezeichne der Kürze wegen nach verbreitetem Herkommen Stasinos als den Verfasser der Kypria, wiewohl selbst Proklos und Athenaios XV p. 682 d schwanken und neben Stasinos auch noch Hegesinos oder Hegesias aus Salamis (wohl dem kyprischen) als Verfasser angeben. Die älteren Gewährsmänner und die kritischen Grammatiker Alexandriens scheinen hier wie bei anderen kyklischen Epen die Sache unentschieden gelassen zu haben, wie ich dieses aus der Anführungsweise οὐκ Ὁμήρου τὰ Κύπρια ἐπεά ἐστιν, ἀλλ᾿ ἄλλου τινός bei Herodot II 116, ὁ τὰ Κύπρια ποιήσας in Aristot. poet. c. 23 und Schol. Pind. Nem. X 157 und Hom. Il. XVI 57 und Soph. El. 157 (vgl. ὁ τὴν Περσίδα ποιήσας in Schol. Eur. Troad. 31, ὁ τοὺς Νόστους ποιήσας in arg. Eur. Med., ὁ τὴν μικρὰν Ἰλιάδα πεποιηκώς in Schol. Arist. Equ. 1056), Λέσχεως καὶ ἔπη τὰ Κύπρια bei Pausanias X 26, 1 schliessen zu dürfen glaube. Bestimmte Verfasser für die Gedichte des Kyklos und darunter auch den Stasinos für die Κύπρια scheint zumeist der Kyklograph Dionysios in Umlauf gebracht zu haben. Das erhellt deutlich aus Schol. Il. A 5 ἡ δὲ ἱστορία παρὰ Στασίνῳ τῷ τὰ Κύπρια πεποιηκότι, εἰπόντι οὕτως· ἦν ὅτε μυρία φῦλα κατὰ χθόνα πλαζόμενα κ. τ. λ. und Schol. Α 515: τοῦτο ἔοικε καὶ Ἀρκτίνος ἐν Ἰλίου πορθήσει νομίζειν, ἐν οἷς φησιν· αὐτὸς γάρ σφιν ἔδωκε πατὴρ Θεὸς Ἐννοσίγαιος.

2) An meiner in dem Aufsatz „Noch eine Art von Interpolationen bei Homeros" in Jahrb. f. Phil. 1881 S. 442 verfochtenen An-

selben Gesanges Ω 6—9 auf die gleiche Quelle zurückzuführen, indem in den Kyprien nach dem Auszug des Proklos weitläufig die Irrfahrten zur See und die Kämpfe in der Troas erzählt waren, welche Achill mit Patroklos zu bestehen hatte und auf die sich recht wohl die Worte der interpolierten Stelle ὁπόσα τολύπευσε σὺν αὐτῷ (sc. σὺν Πατρόκλῳ Ἀχιλλεύς) καὶ πάθεν ἄλγεα ἀνδρῶν τε πτολέμους ἀλεγεινά τε κύματα πείρων beziehen können, wenn man dieselben nicht lieber aus der Erzählung des Nestor in der Telemachie γ 105 f ἠμὲν ὅσα ξὺν νηυσὶν ἐπ᾽ ἠεροειδέα πόντον πλαζόμενοι κατὰ ληῖδ᾽ ὅπῃ ἄρξειεν Ἀχιλλεύς will entnommen sein lassen. Nicht so zuversichtlich urteile ich über die Quelle einer dritten Interpolation Θ 230—232. Doch stimmt was dort von den ruhmredigen Achäern bei den Weingelagen in Lemnos gesagt wird, im wesentlichen zu der Inhaltsangabe der Kyprien bei Proklos ἔπειτα καταπλέουσιν εἰς Τένεδον καὶ εὐωχουμένων αὐτῶν Φιλοκτήτης ὑφ᾽ ὕδρου πληγεὶς διὰ τὴν δυσοσμίαν ἐν Λήμνῳ κατελείφθη, sowie zu der Darstellung des Sophokles in dem Satyrdrama Σύνδειπνοι, zu dem der Stoff anerkannter Massen aus den Kyprien entlehnt war.

Von den Erweiterungen des alten Schiffkataloges, welche ich nach den Fingerzeichen Köchlys in meiner Iliasausgabe

---

sicht, dass die Verse T 326—337 interpoliert seien, hätte mich fast der schöne Nachweis von Gemoll im Hermes XVIII 78, dass der Vers T 332 κτῆσιν ἐμὴν δμῶάς τε καὶ ὑψερεφὲς μέγα δῶμα für die gleichlautenden Verse η 225 und τ 526 der alten Odyssee Original sei, irre gemacht. Doch habe ich bald erkannt, dass die Sache auf eine Weise geschlichtet werden könne, die uns nicht mehr nötigt jene Stelle der Ilias T 326—337 für älter als die Odyssee zu halten. Der Vers passt nämlich allerdings gut in den Zusammenhang von T 332, ist aber auch in τ 526 ganz an seiner Stelle und will sich nur nicht gut in die dritte Stelle η 225 fügen. Da aber an letzter Stelle der Vers unbeschadet, ja zum Vorteil der Rede ausgeschieden werden kann, so ist die Sache dahin zu entscheiden, dass der Vers in τ 526 allein original ist, und von da erst durch Interpolation in η 225 und in den interpolierten Absatz T 326—337 gekommen ist.

ausgeschieden habe, ist die Erzählung vom Tode des Protesilaos B 699—709, und wahrscheinlich auch die von der Einnahme der Stadt Lyrnessos und der Gefangennahme der Briseis aus den Kyprien[1]), hingegen die Erzählung des in Lemnos zurückgelassenen und bald wieder zurückzuführenden Philoktet aus den Kyprien und der kleinen Ilias genommen. Dabei will ich auf zwei Punkte noch besonders aufmerksam machen. Wenn zu dem Verse des Katalogs B 701 τὸν δ᾽ (sc. Πρωτεσίλαον) ἔκτανε Δάρδανος ἀνὴρ νηὸς ἀποθρῴσκοντα in den Scholien des cod. A bemerkt ist οἱ μὲν τὸν Αἰνείαν ἀπέδοσαν, ὅτι βασιλεὺς ἦν Δαρδανίων, οἱ δὲ τὸν Εὔφορβον, ἕτεροι Ἕκτορα· τινὲς δὲ Ἀχάτην λέγουσιν ἑταῖρον τοῦ Αἰνείου φονέα Πρωτεσιλάου· δύναται δὲ καὶ ἀνωνύμως ἕνα τινὰ τῶν Δαρδανίων λέγειν, so stammen die Namen Euphorbos und Aineias[2]), wahrscheinlich auch Achates, nur aus den Köpfen der Grammatiker, von denen die einen bei Δάρδανος ἀνὴρ an den alten Herrschersitz der Aineiaden, Dardania, dachten, die anderen den Vers der Ilias Π 807 βάλε Δάρδανος ἀνὴρ Πανθοΐδης Εὔφορβος zur Unzeit heranzogen. Der wahre Name war allein Hektor, den der Auszug des Proklos als Ueberwinder des Protesilaos nennt. Sodann erachte ich für bedeutsam die Uebereinstimmung des Verses der Ilias B 723 ἕλκεϊ μοχθίζοντα κακῷ ὀλοόφρονος ὕδρου mit dem Auszug des Proklos aus den Kyprien des Stasinos Φιλοκτήτης ὑφ᾽ ὕδρου πληγεὶς διὰ τὴν δυσοσμίαν ἐν Λήμνῳ κατελείφθη. Denn gewiss ist

---

1) Daran könnte die Bemerkung des Schol. Vict. zu Il. XVI 57 irre machen: κούρην κτεάτισσα πόλιν εὐτείχεα πέρσας· τὴν Πήδασον οἱ τῶν Κυπρίων ποιηταί, αὐτὸς δέ (B 690) Λυρνησσόν. Aber nach dem Auszug des Proklos hat Achill damals Pedasos und Lyrnessos zerstört, so dass der Interpolator des Kataloges mit einer kleinen, durch die Versnot entschuldigten Ungenauigkeit lieber Lyrnessos als Pedasos genannt zu haben scheint.

2) Aeneas als Besieger des Protesilaos noch genannt von Di[?] Cret. II 11; Tzetzes Antehom. v. 232 nennt den Euphorbos, oder Hektor.

das Zusammentreffen beider Stellen in dem Namen Ἴδρου nicht zufällig, sondern beruht auf der gleichen Quelle beider Stellen, d. i. dem Werke des Stasinos. Zu den Erweiterungen der Ilias, die sich an den alten Schiffskatalog anschliessen, gehört ausser den besprochenen Interpolationen auch der Katalog der Trojaner und ihrer Bundesgenossen B 816—877. Da die Kyprien nach dem Auszug des Proklos mit einem κατάλογος τῶν Τρωσὶ συμμαχησάντων endigten, so liegt die Vermutung nahe, dass auch das Verzeichnis unserer Ilias aus dem der Kyprien geflossen sei. Doch ermangeln wir dafür in Folge der Spärlichkeiten unserer Scholien bestimmter Zeugnisse und können wir nur konstatieren, dass Diktys Cretensis II 35 und Dares Phrygius c. 18, wenn wir von den aus Arktinos, den Nostoi und der Ilias selbst hinzugekommenen Führern Memnon, Mopsos, Asios aus Prygien (s. Il. Π 717) und den wohl fingierten Vätern des Pylaimenes, Odios und Epistrophos, absehen, keine anderen Führer und Hülfsvölker kannten als diejenigen, welche wir in dem Anfang unseres Schiffkataloges verzeichnet sehen, so dass auch schwerlich der Katalog der Kyprien andere Namen wird geboten haben.

Von den kyklischen Interpolationen der Odyssee ist die Stelle δ 285—289, worin Antiklos unter den in das hölzerne Pferd gestiegenen Helden genannt wird, nach dem bestimmten Zeugnisse der Scholien aus dem Kyklos, und zwar vermutlich aus des Lesches kleiner Ilias genommen. Wenn nämlich Eustathios zu λ 522 überliefert, nach Stesichoros seien 100 Helden, nach anderen 12 (Diomedes, Philoktet, Meriones, Neoptolemos, Eurypylos, Eurydamas, Pheidippos, Leonteus, Meges, Odysseus und Eumelos) in das Pferd gestiegen[1]), so scheint sich die zweite Angabe auf Arktinos zu stützen. Dann aber ist der Antiklos erst durch die kleine Ilias, welche eine Mittelstellung zwischen Arktinos und Ste-

---
1) Vergl. Welcker Ep. Cycl. II 185.

sichoros einnahm, zu den alten Helden hinzugekommen. Aus der kleinen Ilias stammt auch die zweite Interpolation des 4. Gesanges δ 246—249, in der aus dem Kyklos der Name des Bettlers, Dektes, dessen Lumpen Odysseus bei der Truggesandschaft anzog, verzeichnet ist.

An beiden Stellen können wir für den Kyklos als Quelle der Interpolation die Ueberlieferung der Scholien und des Aristarch anführen. Bloss aus dem Inhalt schlossen wir in unserem oben citierten Aufsatz über die Interpolationen bei Homer, dass die eingeschobenen Verse ϑ 219—228 auf die kleine Ilias, und λ 444—453 auf die Kyprien zurückgehen. Auch von einer grösseren über mehrere Gesänge zerstreuten (ο 221—286, 508—549, ϱ 52—56, 61—166, υ 345—383) Interpolation, der sogenannten Theoklymenosepisode, lässt es sich erweisen, dass sie erst nach der Melampodeia, die selbst hinwiederum auf der Erzählung der kyklischen Nostoi von Kalchas und Mopsos gefusst zu haben scheint, in die Odyssee eingefügt worden ist. Denn jener Theoklymenos war ein Abkömmling des berühmten Sehers Melampus, und die Geschichte dieses Melampus selbst wird ο 226—242 in den Hauptumrissen so dunkel gegeben, dass man deutlich sieht, der Dichter setzt die Kenntnis einer ausführlichen Erzählung — und das war eben doch wohl die pseudo-hesiodeische Melampodie — bei seinen Hörern voraus. Darnach können wir also als erwiesen annehmen, dass nach den Kyklikern Stasinos, Arktinos, Lesches und nach dem Verfasser der hesiodeischen Melampodie einzelne Interpolationen in den Homer eingeschmuggelt wurden. Auf bestimmtere Zeitpunkte führt uns der Zusammenhalt gewisser Interpolationen mit den Zeitverhältnissen.

Wir beginnen mit einer Stelle von zweifelhaftem Wert, mit der Aufzählung der 7 Seestädte Messeniens I 149—156, welche Agamemnon als Mitgift seiner Tochter geben will. Wie kann Agamemnon, so fragt man sich unwillkürlich, über Städte Messeniens verfügen? und ist dann leicht zur

Antwort geneigt: weil die Verse gedichtet sind nach dem ersten (736—715) oder zweiten (645—628) messenischen Krieg, durch den die Spartaner Herr von Messenien wurden, so dass es dem Dichter erlaubt schien, die späteren Verhältnisse in die mythische Zeit zu übertragen und den Bruder des achäischen Königs von Lakedämon über die Städte Messeniens verfügen zu lassen. Dem stehen aber erhebliche Bedenken entgegen; einmal ist Agamemnon doch nicht König von Lakedämon, so dass er nicht über das Eigentum seines Bruders mir nichts dir nichts verfügen konnte. Sodann haben wir Anzeichen, dass die Seestädte Messeniens nicht zu dem Reiche der dorischen Könige des Landes gehörten, daher auch nicht durch Besiegung des messenischen Königs Aristodemos sofort an Sparta fallen mussten. Die Bewohner der Küstenstädte Messeniens gehörten nämlich nach Pausanias III 3, 4 zu den Periöken, während die eigentlichen Messenier in dem Verhältnis von Unterworfenen, von Heloten standen.[1]) Das hat aber aller Wahrscheinlichkeit nach darin seinen Grund, dass die Küste von Messenien, wie die von Lakedämon, anfangs noch im Besitz der alten Einwohner des Landes, der Achäer, blieb und erst später zu den dorischen Herrschern in ein Abhängigkeitsverhältnis trat. War nun das erste noch zu Homers Zeiten der Fall, so konnte leicht der Dichter jene Achäer dem grossen Achäerkönig Agamemnon unterthan sein lassen, von dessen Scepter es heisst Θυέστ' Ἀγαμέμνονι λεῖπε φορῆναι πολλῇσιν νήσοισι καὶ Ἄργεϊ παντὶ ἀνάσσειν. Im übrigen steht es auch gar nicht so unbedingt fest, dass die fraglichen Verse erst durch einen Interpolator in den neunten Gesang gekommen sind und nicht zur alten Presbeia gehören; den neunten Gesang selbst aber dürfen wir unter keiner Bedingung in die Zeit der Unterwerfung Messeniens herabrücken.

---

1) Siehe Gilbert Handbuch d. gr. Staatsaltert. I 37.

Vorausgesetzt aber ist die Unterwerfung Messeniens in einer Interpolation der Odyssee φ 15—41. Denn wenn hier nach den Versen des alten Gesanges

δῶρα τά οἱ ξεῖνος Λακεδαίμονι δῶκε τυχήσας
Ἴφιτος Εὐρυτίδης ἐπιείκελος ἀθανάτοισι

der Interpolator mit τὼ δ' ἐν Μεσσήνῃ ξυμβλήτην ἀλλήλοιιν οἴκῳ ἐν Ὀρτιλόχοιο einsetzte, so betrachtete er ganz offenbar Messene und Pherä, das Haus des Ortilochos, als einen Teil von Lakedämon oder des spartanischen Reiches, man müsste denn annehmen wollen, dass der Interpolator unbekümmert um das vorausgehende ἐν Λακεδαίμονι einer anderen Version der Sage, welche die Zusammenkunft des Odysseus mit Iphitos nach Messenien statt Lakedämon verlegte, blindlings gefolgt sei. Versteht man sich aber eben nicht zu einer solchen Hypothese, so kann die Interpolation nicht vor dem Ausgang der messenischen Kriege entstanden sein, jedenfalls nicht vor dem Korinthier Eumelos, der noch um Ol. 4—11 ein προσόδιον für die Messenier dichtete[1]).

Auf beiläufig dieselbe Zeit führen die interpolierten Verse Λ 699 ff.

καὶ γὰρ τῷ χρεῖος μὲν ὀφείλετ' ἐν Ἤλιδι δίῃ
τέσσαρες ἀθλοφόροι ἵπποι αὐτοῖσιν ὄχεσφιν
ἐλθόντες μετ' ἄεθλα· περὶ τρίποδος γὰρ ἔμελλον
θεύσεσθαι· τοὺς δ' αὖθι ἄναξ ἀνδρῶν Αὐγείας
κάσχεθε,

welche Verse zu einer grösseren Interpolation Λ 664—762 oder Λ 692—705 gehören. Dieselben führen nämlich, so sehr sich auch Aristarch dagegen wehrt, bei unbefangener Lectüre zur Annahme, dass in jener Zeit in Elis schon regelmässige Wettkämpfe mit Viergespannen stattfanden. Nun haben wir aber die

---

1) Gleich hier mache ich darauf aufmerksam, dass die Auffassung dieser Stelle des 21. Gesanges noch andere Consequenzen nach sich zieht, wenn Sittl, Wiederholungen S. 92, mit Recht in φ 32 das Vorbild für δ 636 f. gefunden hat.

bestimmte Nachricht des Pausanias V 8, 7, dass die Wagenwettkämpfe (ἅρματι ἵππων τελείων δρόμῳ) in Olympia erst Ol. 25 eingeführt wurden, und hat es keine Wahrscheinlichkeit, dass anderwärts und speziell in der asiatischen Heimat der Homeriden schon in früherer oder gar erheblich früherer Zeit regelmässige Wettkämpfe mit Viergespannen angeordnet waren. Gewiss aber wird kein besonnener Kritiker die poetische Schilderung des Pindar, der in der 10. olympischen Siegesode gleich bei der ersten Einrichtung der olympischen Spiele durch Herakles den Mantineer Samos mit 4 Pferden siegen lässt, gegen die bestimmte Angabe des Pausanias ins Feld führen wollen. Aber auch auf die Stelle des Homer Il. IX 127 ὅσσα μοι ἠνείκαντο ἀέθλια μώνυχες ἵπποι wird man sich nicht mit Erfolg zur Widerlegung unserer Meinung berufen können, da dort nur von einhufigen Pferden, nicht auch von Viergespannen die Rede ist.

Ungleich weiter müssten wir mit der Zeit der Interpolationen und Zusätze heruntergehen, wenn richtig wäre, was Kirchhoff, die homerische Odyssee S. 340, zu erweisen sucht, dass der Schluss der Odyssee erst nach Eugammon, dem Dichter der Telegonie, also erst nach Ol. 53 gedichtet worden sei. Da nämlich Eugammon nach dem Auszug des Proklos im Eingang seines Epos die Bestattung der Freier (οἱ μνήστορες ὑπὸ τῶν προσηκόντων θάπτονται) schilderte, die Beerdigung der Freier aber im letzten Gesang unserer Odyssee ω 417 ἐκ δὲ νέκυς οἴκων φόρεον καὶ θάπτον ἕκαστοι erwähnt ist, so schloss daraus Kirchhoff, der Verfasser der Telegonie habe jene Stelle der Odyssee und somit den ganzen Schluss der Odyssee von ψ 310 an noch nicht gekannt, dieser sei vielmehr erst nach Eugammon hinzugedichtet worden. Aber abgesehen von der inneren Unwahrscheinlichkeit dieser ganzen Annahme, wird dieselbe auch speziell dadurch widerlegt, dass Eugammon, wenn er den Odysseus nach Ermordung der Freier nach Elis zu den Rinderheerden absegeln lässt ('Ἤλιν ἀποπλεῖ ἐπισκεψόμενος τὰ βουκόλια), sich dabei offenbar auf den Schluss der Odyssee oder die Stelle in der Rede des Eupeithes ω 430 πρὶν τοῦτον ἢ ἐς Πύλον ὤκ' ἀφικέσθαι ἢ καὶ ἐς Ἤλιδα δῖαν, vielleicht auch auf die Worte des Odysseus selbst ψ 357 μῆλα πολλὰ μὲν αὐτὸς ἐγὼ λῄσσομαι, ἄλλα δ' Ἀχαιοὶ δώσουσι bezieht. Ausserdem lässt sich gegen Kirchhoff auch geltend machen, dass in der Odyssee wohl die Bestattung der Freier aus Ithaka, nicht aber die der zahlreichen Freier aus anderen Inseln erzählt war, diese also von Eugammon in dem Eingang seiner Telegonie nachgeholt werden konnte. Endlich heissen die Freier im Griechischen μνηστῆρες, nicht μνήστορες, so dass man die Voraussetzung Kirchhoffs selbst bestreiten und in μνήστορες eine Corruptel aus μνηστήρων ἀμύντορες vermuten kann. Somit berechtigt uns der Inhalt der Telegonie nicht zu der Annahme, dass in noch so später Zeit, kurz vor Peisistratos die Werke des Homer durch Zudichtung ganzer Gesänge erweitert worden seien.

Auch ein anderer, allerdings etwas älterer Termin, den Kirchhoff S. 321 für eine Interpolation der Odyssee η 56—69 auszumitteln versucht hat, ist äusserst unsicher und unverlässig. Kirchhoff meint nämlich, dass der Verfasser der Eöen, indem er den Alkinoos und die Arete zu Geschwistern machte, von jener Stelle der Odyssee nur die Verse η 54—55

Ἀρήτη δ' ὄνομ' ἐστὶν ἐπώνυμον, ἐκ δὲ τοκήων
τῶν αὐτῶν οἵ περ τέκον Ἀλκίνοον βασιλῆα

nicht auch die nachfolgende Genealogie V 56—69 gekannt habe, die letztere also, da die Eöen selbst die Gründung von Kyrene (Ol. 37) voraussetzten, nicht vor den 40er Olympiaden gedichtet sei. Aber so sehr auch die beiden Prämissen, die Benützung der Verse η 54 f. durch den Dichter der Eöen und die Abfassung der Eöen nach Ol. 37, ausser Controverse stehen, so unsicher ist der aus diesen beiden Thatsachen gezogene Schluss, der Dichter der Eöen könne die ausgeführte Genealogie, wonach Arete und Alkinoos nicht Geschwister, sondern nur Geschwisterkinder waren, noch nicht gekannt haben. Auch schliesst sich Bergk Gr. Lit. S. 673, wiewohl er sonst seinem Interpolator das weiteste Gebiet einräumt, hier nicht der Combination Kirchhoffs an. Seine Worte 'wenn Hesiod wirklich Alkinoos und Arete als Geschwister bezeichnete, so hat er die allerdings unklaren Worte (ἐκ τοκήων τῶν αὐτῶν), die ihr rechtes Verhältnis erst durch das Folgende erhalten, falsch gedeutet' treffen genau die schwachen Punkte in Kirchhoffs Hypothese; es lässt sich noch der allgemeine Satz hinzufügen, dass die jungen Eöen weit eher den genealogischen Angaben der älteren Epiker folgten, als selbst auf die Textesgestalt des älteren Epos eingewirkt haben. —

Der Schiffskatalog in seiner alten Gestalt ist noch vor Abschluss der Odyssee in der Mitte des 8. Jahrhunderts entstanden.

Ben. Niese hat in seiner 1873 erschienenen Schrift über den homerischen Schiffskatalog die Boiotia ihre heutige Gestalt erst um 630 bis 600 v. Chr. erhalten lassen, indem er speziell aus der Erwähnung des Eurypylos Guneus und Prothoos, welche in die Gründungssage von Kyrene verwoben sind, den Schluss zog, dass der Katalog erst nach der Anlage der Stadt Kyrene, also nach 631 v. Chr. gedichtet sei. Aber diese Aufstellung hat ihr Urheber selbst wieder in dem Buche, Entwickelung der homerischen Poesie S. 228 zurückgezogen; und in der That ist der Eurypylos Homers sicherlich nicht wegen der Gründung von Kyrene in den Katalog gekommen, da er ja schon in der alten Ilias eine hervorragende Rolle spielt, und kann dasselbe auch bezüglich der Könige Guneus und Prothoos nicht glaubwürdig erwiesen werden.[1]) Aber eine andere Combination Niese's eigne ich

---

1) Wenn einer dagegen einwendet, dass sonst kein Grund für die Herbeiziehung der in der Ilias nicht genannten Könige Guneus und Prothoos gefunden werden könne, so ziehe ich mich entweder

mir unbedenklich an, wiewohl auch sie unter Zustimmung Rohde's Rh. M. 35, 574 ihr Urheber a. O. halbwegs fallen lässt. Es hat nämlich allen Anschein, dass die Begrenzung Lakedämons B 581—590 geradeso wie die der übrigen Landschaften auf die staatlichen Verhältnisse, wie sie zur Zeit der Abfassung des Kataloges bestanden, zurückgeht, oder, um mit Aristarch zu reden, vom Dichter ἐκ τοῦ ἰδίου προσώπου geschildert worden ist. Zum Reiche des Menelaos oder zur Landschaft Lakonien rechnet aber der Katalog die Städte Pharis Amyklä Helos, von denen nach dem[1] Berichte des Pausanias III 2 die beiden ersten durch den König Teleklos (825—785), die letzte durch dessen Sohn Alkamenes (785 bis 748) erbaut wurden, so dass wir etwa Ol. 1 als terminus post quem für die Entstehung des Kataloges ansetzen dürfen. Ich setze aber auf diese und die nachfolgenden Schlüsse trotz der Warnung Rohde's gutes Vertrauen, so lange nicht bei den einzelnen in Betracht gezogenen Ortsangaben nachgewiesen werden kann, dass der Dichter statt der Verhältnisse seiner Zeit Stellen des Homer oder der älteren Kykliker vor Augen gehabt habe. Auch einen Terminus ante quem gibt uns die unselbständige Stellung von Korinth B 570 und das vollständige Schweigen über Megara an die Hand. Denn Korinth konnte kaum mehr am Ende des 8. Jahrhunderts, nachdem es Syrakus in Sicilien gegründet hatte und eine der bedeutendsten Seemächte geworden war, als eine Argos dienstbare Stadt aufgeführt werden, und noch weniger wäre in jener Zeit ein vollständiges Uebergehen von Megara denkbar gewesen, nachdem dasselbe bereits Ol. 10 befreit worden war und Ol. 18 das hybleische Megara in Sikilien gegründet hatte.

---

auf die allerdings bequeme Ausrede des Nichtwissens zurück, oder erhebe geradezu Zweifel an der Aechtheit der beiden letzten Absätze des Kataloges B 748—755 und 756—789, die sich ohnehin dem Gesetze des fünfzeiligen Strophenbaues nicht fügen wollen. Der ganzen Combination Niese's sucht Rohde, Rh. M. 35, 573 f. den Boden zu entziehen.

Viel auffälliger aber als das Verschweigen von Megara ist das der ganzen Landschaft Messenien, und leicht könnte man daraus erweisen wollen, dass der Katalog erst nach den messenischen Kriegen oder nach dem politischen Untergang des messenischen Reiches gedichtet sei. Geradezu unabweisbar aber wäre dieser Schluss, wenn in den Versen B 582 f.

οἳ δ᾽ εἶχον κοίλην Λακεδαίμονα καιετάεσσαν,
Φᾶρίν τε Σπάρτην τε πολυτρήρωνά τε Μέσσην

unter Μέσση die messenische Stadt Μεσσήνη verstanden werden müsste.¹) Dem ist aber nicht so; denn Μέσση und Μεσσήνη sind schon der Form nach stark verschieden, und dass wir in dem mittleren Lakonien, wohin uns die Namen der umgebenden Städte führen, eine Stadt oder einen Bezirk Μέσση auch ohne ausdrückliches Zeugnis annehmen dürfen, dafür haben wir genügende Anhaltspunkte in dem Namen Μεσσόα, einer der 5 lokalen Phylen Spartas²), und in dem Quell Μεσσηίς bei Therapne, deren Homer selbst Ilias Z 457 Erwähnung thut. Aber auch wenn das Μέσση des Schiffskataloges nicht mit Messene identificiert werden darf, so bleibt doch das Uebergehen der Landschaft Messene höchst auffällig. Denn für eine solche Hintansetzung lässt sich nicht als Grund anführen, dass die Sage vom troischen Krieg keine Helden aus dem messenischen Lande gekannt habe. Denn auch die Könige von Syme und Nisyros, Nireus Pheidippos Antiphos und andere Fürsten des Schiffskataloges kommen weder in der Ilias noch in dem Auszuge der kyklischen Epen vor. Ueberdies ist es auch nicht einmal richtig, dass Messenien keine Helden vor Troja gestellt habe. Denn Pherä, der alte Herrschersitz des Diokles, war ja eine messenische Stadt und aus ihr stammten die Führer Krethon

---

1) Dass Μέσση aus Μεσσήνη verstümmelt sei, war nach Aristonikos zu B 582 allerdings die Meinung Aristarchs, welche auch von Strabo VIII p. 364 vorgetragen wird.
2) Siehe Gilbert, Griech. Staatsalt. I S. 43.

und Orsilochos, deren Tod uns Il. E 541 ff. erzählt wird. Also auffällig bleibt unter allen Umständen das Uebergehen einer so ausgedehnten Landschaft wie Messenien. Aber daraus einen festen Schluss auf die Abfassungszeit des Kataloges zu ziehen, ist deshalb bedenklich, weil ja Messenien mit seinen zahlreichen Städten einen Platz im alten Katalog gehabt haben und erst von dem Ueberarbeiter mit Rücksicht auf die damaligen politischen Verhältnisse ausgelassen worden sein kann, ähnlich wie anerkannter Massen der Interpolator die Stelle über Salamis verstümmelt und umgemodelt hat, um nicht bei den Athenern, wenn er Salamis noch als selbständige Insel aufführe, Anstoss zu erregen[1]). Dann lässt sich aber aus dem Schweigen über Messene ein sicherer Schluss nur auf die Zeit der späteren Redaction, nicht auch der Abfassung ziehen.

Neben den sachlichen und historischen Beziehungen ist aber noch von ganz besonderer Wichtigkeit zur Bestimmung der Abfassungszeit das Verhältnis des Katalogs zu dem epischen Kyklos und zu den jüngeren Erweiterungen der Odyssee und Ilias. Vor allem ist hier von Bedeutung, dass der Vers B 581 οἳ δ' εἶχον κοίλην Λακεδαίμονα καιετάεσσαν Vorbild für Od. δ 1 οἱ δ' ἷξον κοίλην Λακεδαίμονα καιετάεσσαν gewesen ist. Denn das Epitheton καιετάεσσαν passt trefflich für die Landschaft, aber schlecht oder vielmehr gar nicht für die Stadt Lakedämon.[2]) Daraus folgt aber, dass der betreffende Vers der Odyssee, und da derselbe mit der ganzen Erzählung von der Reise des Telemach nach Pylos und Sparta enge zusammenhängt, dass die ganze Telemachie erst

---

1) In meiner Ausgabe habe ich zu B 590 die Vermutung ausgesprochen, dass sich noch ein Teil der auf Messenien bezüglichen Stelle in den 7 Städten Il. IX 149—156 erhalten hat, welche Agamemnon dem Achill als Mitgift seiner Tochter anbietet.

2) Vgl. Sittl, die Wiederholungen in der Odyssee S. 16.

nach dem Schiffskatalog gedichtet ist und nicht über das 8. Jahrhundert hinaufreichen kann.

Ferner ist in der Beschreibung von Elis B 615 f.

οἳ δ᾽ ἄρα Βουπράσιόν τε καὶ Ἤλιδα δῖαν ἔναιον,
ὅσσον ἐφ᾽ Ὑρμίνη καὶ Μύρσινος ἐσχατόωσα
πέτρη τ᾽ Ὠλενίη καὶ Ἀλήσιον ἐντὸς ἐέργει

alles in bester Ordnung, wenn man einerseits Ἀλήσιον mit dem auf dem Wege von Olympia nach Pisa gelegenen Ἀλεσίαιον identificiert,[1]) wie nach Strabo p. 341 auch die Neueren, Curtius Pelop. II 40 und Bursian Geogr. II 289 übereinstimmend gethan haben, und andrerseits die Grenze von Elis nach den verschiedenen Himmelsgegenden durch Hyrmine im Nordwesten, Myrsinos im Norden (ἐσχατόωσα), den olenischen Felsen[2]) im Nordosten, Alesion im Süden angegeben sein lässt, wie das durch die gleiche Phrase ἐντὸς ἔχει in ganz ähnlicher Weise im Hymnus auf den delischen Apoll V. 30 ff. ausgedrückt ist: ὅσσους Κρήτη τ᾽ ἐντὸς ἔχει καὶ δῆμος Ἀθηνέων νῆσός τ᾽ Αἰγίνης ναυσικλειτή τ᾽ Εὔβοια κ. τ. λ. Hingegen kann in der Erzählung des Nestor Α 754—8

τόφρα γὰρ οὖν ἑπόμεσθα διὰ σπιδέος πεδίοιο
κτείνοντές τ᾽ αὐτοὺς ἀνά τ᾽ ἔντεα καλὰ λέγοντες,
ὄφρ᾽ ἐπὶ Βουπρασίου πολυπύρου βήσαμεν ἵππους
πέτρης τ᾽ Ὠλενίης καὶ Ἀλησίου ἔνθα κολώνη
κέκληται· ὅθεν αὖτις ἀπέτραπε λαὸν Ἀθήνη

mit πέτρη Ὠλενίη καὶ Ἀλησίου κολώνη nur an die nördliche Grenze von Elis gedacht werden. Das steht aber mit der

---

1) Die Variante 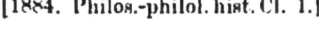 ist nämlich, wie Fick Homerische Odyssee S. 1 auch aus sprachlichen Gründen behauptet, der Schreibung Ἀλείσιον vorzuziehen.

2) Ὠλενίη πέτρη wurde von Strabo und Curtius Pelop. II 38 nur vermutungsweise in das Skollisgebirg verlegt; da aber in dem Dünenland, wo an dem Meeresstrand die Stadt Ὤλενος lag, die πέτρη Ὠλενίη nicht gesucht werden darf, so muss man sich an die Bergkette halten, welche im Süden der die Stadt Olenos umgebenden Ebene aufsteigt.

wirklichen Lage von Alesion in entschiedenem Widerspruch, da sich nördlich, nicht südlich von Alesiaion die fruchtbare Ebene von Buprasion ausdehnt. Erwägt man ausserdem, wie geschraubt und unnatürlich die Wendung Ἀλησίου ἔνθα κολώνη κέκληται ist, da man eher ein Wort wie κεῖται oder κέκλιται[1]) erwartet, so wird man nicht mehr zweifeln, dass der Dichter von A jenen Vers aus dem Schiffskatalog herübergenommen hat, dass also der Schiffskatalog auch älter ist als jene Nestorepisode, die wir oben S. 11 um Ol. 25 entstanden sein liessen.

Ueber das Verhältnis des Schiffskataloges zu den Epen des Kyklos haben wir leider keine ganz sicheren Anhaltspunkte, indem uns Proklos in seinem Auszuge nichts darüber sagt, ob die wohl in dem Schiffskataloge, aber nicht in der Ilias erwähnten Helden Nireus, Pheidippos, Antiphos, Guneus, Prothoos in dem epischen Kyklos vorgekommen sind. Indes darf doch im allgemeinen angenommen werden, dass die Darstellungen der jüngeren Erzähler vom troischen Krieg, insbesondere Quintus Smyrnäus und Diktys Cretensis auf den Erzählungen der Kykliker fussen und daher einen Rückschluss auf den Inhalt der kyklischen Gedichte gestatten. Nun fällt aber Nireus bei Quintus VII 7 und Diktys IV 17 durch Eurypylos, den Sohn des Memnon, so dass ich vermute, die Kampfesscene sei bereits in der Aithiopis geschildert worden und der Name Nireus sei erst aus der Aithiopis in den Schiffskatalog gekommen. Unsicherer steht die Sache mit den Söhnen des Thessalos, Pheidippos und Antiphos. Diktys II 5 erwähnt zwar dieselben bei dem teuthranischen Krieg, den bekanntlich die Kyprien weitläufig erzählt hatten; aber was dort der redselige Autor von der Gesandtschaft des Pheidippos und Antiphos an Telephos berichtet, sieht ganz wie die Erdichtung eines späten Rhetor aus. Mit etwas mehr

---

1) Κέκλιται steht in der That in schlechten Handschriften, wird aber durch das Metrum ausgeschlossen.

Wahrscheinlichkeit liesse sich vermuten, dass die Aufführung des Philoktetes mit 7 Schiffen im Schiffskatalog B 719 auf die kleine Ilias oder die Kyprien, geradeso wie die Zwölfzahl der Schiffe des Odysseus auf die Odyssee zurückgehe. Auch liesse sich dafür des weiteren geltend machen, dass auch die Erwähnung des Agapenor B 603—614 Vertrautheit mit kyprischen Gründungssagen voraussetze, da jener König der Arkadier nach Pausanias VIII 5, 2 auf der Heimkehr von Troja vom Sturm nach Kypern verschlagen wurde und dort die Stadt Paphos gründete. Doch ist immerhin diese ganze Combination an sehr schwache Fäden geknüpft und steht ihr, wie wir unten sehen werden, das Verhältnis der Telemachie zu den Kyprien bestimmt entgegen.

Von der Benützung der Nostoi finde ich keine sicheren Spuren in dem Schiffskatalog, man müsste denn aus der angeführten Stelle des Pausanias schliessen wollen, dass die Geschicke des Agapenor in den Nostoi erzählt gewesen seien. Indes steht in dem Auszug des Proklos nichts von Agapenor und berücksichtigt auf der anderen Seite der Schiffskatalog nicht die in den Nostoi vielbesungenen Seher Kalchas Mopsos Amphilochos.

Hingegen findet man wieder im Schiffskatalog deutliche Spuren von der Benützung der Minyas, welche bekanntlich Welcker Ep. Cycl. I 237 ff. mit der Phokais des Thestorides identificirt. In jener Minyas war nämlich nach Paus. IV 33, 7 die Strafe erzählt, welche der Sänger Thamyris in der Unterwelt für seinen Uebermut gegen die Musen ($\delta i \kappa \eta \nu$ $\tau o\tilde{v}$ $\dot{\epsilon} \varsigma$ $\tau \grave{\alpha} \varsigma$ $Mo\acute{v}\sigma\alpha\varsigma$ $\alpha\dot{v}\chi\acute{\eta}\mu\alpha\tau o\varsigma$) büssen musste. Der Dichter des Schiffskataloges aber hat B 594—600 die Erzählung von der Herausforderung des Thamyris und seiner Blendung durch die Musen gewissermassen mit den Haaren bei der Erwähnung des Ortes $\Delta\acute{\omega}\varrho\iota o\nu$ herbeigezogen, indem er dabei obendrein, wie Niese, der homerische Schiffskatalog S. 22 f. wahrscheinlich macht, das pylische $\Delta\acute{\omega}\varrho\iota o\nu$ mit dem thessalischen

Ἰώτιον verwechselte. Leider wissen wir aber nichts von der Zeit, in welcher jene Minyas entstanden ist, so dass uns mit dem geführten Nachweis für unsere Zwecke wenig gedient ist.

Auf der anderen Seite nehme ich als erwiesen an, dass der Schiffskatalog erst nach den Leichenspielen der Ilias und nach dem alten Nostos gedichtet wurde; das zweite, weil die unverhältnismässig kleine Anzahl der Schiffe des Odysseus B 637 — er hat nur 12, während selbst Meges aus Dulichion 40 mit sich führt — sich nur daraus erklärt, dass sich der Verfasser des Kataloges durch die Erzählung des Nostos ι 159 für gebunden erachtete. Für das erste spricht der Umstand, dass der Katalog B 711-5 den Eumelos aus Pherä nennt, der ausser in den Leichenspielen des Patroklos nirgends in der Ilias vorkommt. Freilich könnte man dagegen anführen, dass ein anderer gleichfalls nur in dem 23. Gesang V 664 ff und 840 erwähnte Held Epeios, der Sohn des Panopeus, keine Rolle in dem Schiffskatalog gefunden hat, während ihn doch der Fabulator Diktys I 17 der Ehre, mit 30 Schiffen in das Verzeichnis aufgenommen zu werden, würdig hielt. Doch will das Fehlen dieses Epeios weniger bedeuten als das Vorkommen des Eumelos, da ja keineswegs alle Helden der Ilias auch im Katalog genannt sind.

Wir werden demnach berechtigt sein die Abfassungszeit des Schiffskataloges nach dem Abschluss der Ilias, nach dem alten Nostos Odysseos und nach den älteren Gedichten des Kyklos, insbesondere der Aithiopis und Minyas, aber noch vor der Telemachie und zugleich vor dem Aufblühen von Korinth und Megara etwa um Ol. 8 oder ca. 750 v. Chr. anzusetzen.

Ehe wir dieses Kapitel verlassen, verlohnt es sich doch noch einen Blick auf Hesiod zu werfen. Bei dem Mangel bestimmter Angaben und sachlicher Beziehungen wird es sich hier zunächst fragen, ob nicht Hesiod aus dem Katalog oder umgekehrt der Katalog aus Hesiod Verse entlehnt habe. Es klingt aber der Vers des Kataloges B 491 εἰ μὴ 'Ολυμπιάδες Μοῦσαι Διὸς αἰγιόχοιο θυγατέρες und, wenn wir diesen als interpoliert beiseite lassen, doch nicht minder der Vers B 598 Μοῦσαι ἀείδοιεν κοῦραι Διὸς αἰγιόχοιο deutlich an den Vers des Hesiod theog. 25 = 52 = 966 = 1022 Μοῦσαι 'Ολυμπιάδες κοῦραι Διὸς αἰγιόχοιο an. Nun ist zwar der Vers des Kataloges B 598 ganz an seiner Stelle, aber die nähere Bezeichnung der Musen als Töchter des ägishaltenden Zeus war doch der Theogonie, wie man sieht, geläufiger und passt weit mehr in den Ideenkreis des Musendichters Hesiod als der troischen Heldensage. Es wird also wohl der Dichter des Schiffskataloges jenen Halbvers aus Hesiod herübergenommen haben. Eine grössere Verwandtschaft der beiden Dichter, des Hesiod und des Verfassers der Boiotia, zeigt sich in dem ganzen Charakter ihrer Dichtungen, in der aufzählenden Form und in der Zusammenfassung von je 5 Versen zu einer Art Strophe. Nimmt man noch hinzu, dass der Schiffskatalog, wie schon sein alter Name Βοιωτία andeutet, in Böotien, der Heimat des Hesiod, entstanden ist, so wird man wohl vermuten dürfen, dass der Dichter des Schiffskataloges zur hesiodischen Schule gehörte und später als Hesiod, dessen Blüte von den meisten um etwa ein Menschenalter vor dem Beginn der Olympiaden, von Apollodor speziell auf 806 v. Chr. angesetzt wird[1]), gelebt hat. Aber dann könnte es auffallen, dass im Katalog unter den 29 Orten Böotiens die durch den Dichter berühmt gewordene Heimat des Hesiod, Askra, nicht aufgeführt ist. Aber in einem Katalog mussten die an Grösse hervorragenden,

---

1) Siehe Bergk Gr. Lit. I 936 und Rohde Rhein. Mus. 35, 555. Auffällig ist dem gegenüber freilich, dass gelehrte Grammatiker, wie Rohde im Rhein. Mus. 36, 425 ff. nachwies, aus der Kombination attischer und euböischer Königslisten die Zeit des Königs Amphidamas, an dessen Leichenspielen Hesiod (op. 654) sich beteiligte, auf das Jahr 160 post Troica ansetzten.

nicht die literarisch berühmten Orte aufgezählt werden, und da konnte ein Dichter auch nach Hesiod einen Ort auslassen, von dem der askräische Dichter selber sagte ὀιζυρῇ ἐνὶ κώμῃ Ἄσκρῃ χεῖμα κακῇ, θέρει ἀργαλέῃ, οὐδέ ποτ' ἐσθλῇ.

Die Ilias fand ihren wesentlichen Abschluss noch vor dem epischen Kyklos und vor dem Beginn der Olympiaden.

Wenn ich hier von einem wesentlichen Abschluss spreche, so meine ich damit, dass keine zur Handlung notwendig gehörige Partie und insbesondere keine der 24 Rhapsodien unserer Ilias erst später zugefügt worden sei. Einzelne kleine Interpolationen und selbst so umfangreiche Partien wie die Kataloge (B 484—779. B 816—877. Π 168—199) mögen immerhin jüngeren Ursprungs sein; aber von diesen wurde die eigentliche Handlung der Ilias, der Verlauf der Entzweiung des Agamemnon und Achill, nicht berührt. Suchen wir nun unseren Satz bezüglich der einzelnen Gedichte des Kyklos zu erweisen, so beginnen wir billiger Weise zuerst mit den Kyprien. Die Kyprien setzen schon im allgemeinen die Ilias und die Blüte des epischen Gesanges in Jonien voraus. Denn nach Kypros, wo die Kyprien, wie schon der Name Κύπρια und der stark hervortretende Preis der kyprischen Göttin Κυπρίς beweisen, entstanden sind, kann doch der epische Gesang erst von den griechischen Städten Kleinasiens, sei es direkt sei es auf dem Umweg von Athen,[1]) gelangt sein. Sodann knüpften die Kyprien an die troische Sage, wie sie uns in der Ilias entgegentritt, an, indem sie dieselbe durch jüngere, namentlich erotische Motive, wie das Parisurteil, das Liebesverhältnis des Achill und der Deianira,

---

1) Beachtenswert sind nämlich die vielen attischen Mythen der Kyprien von Theseus, Epopeus und der Insel Salamis in Verbindung mit der Thatsache, dass Salamis in Kypern von dem attischen Salamis gegründet wurde.

erweiterten und umgestalteten. So bezog sich der Dichter gleich im Eingang seines Werkes mit den Worten οἱ δ' ἐνὶ Τροίῃ ἥρωες κτείνοντο, Διὸς δ' ἐτελείετο βουλή unverkennbar auf das Proömion der Ilias. Da dieses selbst aber nicht einem einzelnen Gesange, sondern der Entzweiung des Achill und Agamemnon in ihrem ganzen Verlaufe gilt, so hat dem Dichter der Kyprien auch schon die ganze Ilias, wenigstens in ihren Hauptpartien vorgelegen. Auf Näheres führen noch folgende Beziehungen: In der Erzählung vom Opfer der Iphigenia in Aulis hat der kyklische Dichter den neuen Namen Iphigeneia anstatt des alten Iphianassa aufgebracht und somit vier Töchter dem Agamemnon gegeben, offenbar um nicht mit der Presbeia Il. IX 145, wo die alten Namen der drei Töchter des Agamemnon, Chrysothemis, Laodike und Iphianassa erhalten sind, in Widerspruch zu geraten. In der Erzählung der Kyprien von dem Tode des Troilos begegnet eine deutliche Bezugnahme auf die obendrein missverstandenen Worte des Priamus Ω 255

ὤ μοι ἐγὼ πανάποτμος, ἐπεὶ τέκον υἷας ἀρίστους
Τροίῃ ἐν εὐρείῃ, τῶν δ' οὔ τινά φημι λελεῖφθαι
Μήστορά τ' ἀντίθεον καὶ Τρώιλον ἱππιοχάρμην.

Denn die Vorstellungen vom jugendlichen, kaum dem Knabenalter entwachsenen Troilos, wie wir sie bei den Tragikern und den Künstlern finden und demnach auch in den Kyprien voraussetzen dürfen, geht auf ein Missverständnis des Namens Troilos zurück. Homer selbst nämlich dachte dabei, wie bereits Aristarch aus dem Zusammenhange und dem Epitheton ἱππιοχάρμην schloss[1]), an einen Krieger in der vollen

---

[1]) In der Odyssee λ 259 heisst es so Ἀμφίονά τε ἱππιοχάρμην. Ob auch Stasinos bei der Erdichtung des teuthranischen Krieges von den Worten der Ilias A 59 πάλιν πλαγχθέντας ὀίω ἂψ ἀπονοστήσειν ausging, indem er, wie Aristarch in den Scholien zur Stelle behauptet, πάλιν πλαγχθέντας im Sinne 'wieder oder zum zweiten Mal verschlagen' nahm, wage ich nicht zu entscheiden.

Manneskraft, die Späteren machten daraus, indem sie, durch die Form verleitet, Τρώιλος für ein Diminutivum hielten, einen knabenhaften Jüngling. Ist aber eine Andeutung des letzten Gesanges der Ilias in den Kyprien weiter ausgeführt worden, so dürfen wir dasselbe Verhältnis noch viel mehr zwischen den Versen der Ilias Φ 78 f. ἐπέρασσας ἄνευθεν ἄγων Λῆμνον ἐς ἠγαθέην, ἑκατόμβοιον δέ τοι ἧλφον und der Erzählung der Kyprien vom Verkauf des Lykaon nach Lemnos statuieren. Auch die in den Kyprien unmittelbar nach der Landung angeknüpfte Unterhandlung mit den Troern über die Auslieferung der Helena scheint nach dem zweiten Teil des 7. Gesanges der Ilias gedichtet zu sein.[1]) Zwar kann die Verhandlung über eine feierliche Rückgabe der Helena mehr vor dem Ausbruch der Feindseligkeiten, als im 10. Jahre des Krieges am Platze zu sein scheinen. Da aber der 7. Gesang mit dem 9. oder der Presbeia zusammenhängt und dieser, wie wir oben sahen, vor den Kyprien gedichtet ist, so muss man auch in diesem Punkte eine Anlehnung der Kyprien an die ältere Ilias annehmen.

Noch viel evidenter ist, dass Arktinos in seiner Aithiopis und Iliupersis die fertige Ilias vor Augen hatte. Gleich der Eingang der Aithiopis, wie er uns in dem Schol. Vict. zu Il. Ω 804 überliefert ist,

ὡς οἱ γ' ἀμφίεπον τάφον Ἕκτορος· ἦλθε δ' Ἀμαζών,
Ἄρηος θυγάτηρ μεγαλήτορος ἀνδροφόνοιο

---

1) Ich mache dabei insbesondere auf die Uebereinstimmung zwischen den Worten des Auszugs der Kyprien τὴν Ἑλένην καὶ τὰ κτήματα ἀπαιτοῦντες und des Verses der Ilias Η 350 Ἑλένην καὶ κτήμαθ' ἅμ' αὐτῇ δώομεν aufmerksam. Vielleicht gehört selbst die Erzählung vom Falle des Protesilaos bei der ersten Landung der Achäer nicht zur alten Volkssage, sondern zu den Erfindungen des Dichters der Kyprien; wenigstens meldet die Stelle der Ilias O 705 nur, dass das Schiff, welches halb verbrannt wurde, den Protesilaos nicht mehr nach Hause brachte, nicht, dass Protesilaos selbst schon gefallen war.

setzt den letzten Gesang der Ilias voraus, indem er unmittelbar an ihn anknüpft. Doch will ich darauf kein allzugrosses Gewicht legen, da möglicherweise, wie Welcker Ep. Cycl. II 169 vermutet, jener Eingang von den Ordnern des Kyklos herrührt und das ursprüngliche Proömium verdrängt hat. Aber ganz zweifellos ist es, dass wenn Arktinos den Memnon einführt ἔχοντα ἡφαιστότευκτον πανοπλίαν, wie es in dem Auszug des Proklos heisst, er schon die Hoplopoiie, und somit auch die darin berührte Presbeia, vor Augen hatte. Ausser diesen jungen Gesängen der Ilias kannte er aber auch schon den vielleicht noch jüngeren Gesang von den Leichenspielen, da er diesen am Schlusse seiner Aithiopis kopierte, von dem es im Auszug des Proklos heisst οἱ δὲ Ἀχαιοὶ τὸν τάφον χώσαντες ἀγῶνα τιθέασιν. Ist aber dieses der Fall, so kannte Arktinos natürlich noch viel mehr die alten Gesänge der Ilias, so dass es z. B. als feststehende Thatsache betrachtet werden muss, dass die Erzählung Homers von Hypnos und Thanatos, welche den Leichnam des gefallenen Sarpedon nach Lykien wegtragen (*II* 672—683), Vorbild für den Arktinos gewesen ist, wenn er die Eos den Körper ihres erschlagenen Sohnes Memnon davontragen lässt (vgl. Welcker Ep. Cycl. II, 175); etwas was ich ausdrücklich hervorhebe, weil man daran gezweifelt hat und die allerdings nicht ganz alte Partie der Patrokleia zu einer Nachahmung der Aithiopis degradieren wollte. Kannte nun aber Arktinos schon die fertige Ilias, so gilt dieses noch unbegrenzter von den Dichtern der kleinen Ilias und der Nostoi, da dieselben entschieden jünger waren und hinwiederum die Aithiopis des Arktinos voraussetzten.

Nun fragt es sich aber doch, ob denn gar keine Episode der Ilias, von den kurzen oben bereits besprochenen Interpolationen abgesehen, erst nach dem Kyklos zu setzen sei, und da kommen 3 Partien in Frage, die Phönixepisode in *I* 432—623, der Zweikampf des Achill und Aineias in *Y* 75—352 und die Nänien Hektors Ω 723—776.

In Bezug auf die Phönixepisode ist von hauptsächlicher Bedeutung die Notiz des Pausanias X 26, 4: *Κύπρια ἔπη φησὶν ὑπὸ Λυκομήδους μὲν Πύρρον, Νεοπτόλεμον δὲ ὄνομα ὑπὸ Φοίνικος αὐτῷ τεϑῆναι, ὅτι Ἀχιλλεὺς ἡλικίᾳ ἔτι νέος πολεμεῖν ἤρξατο.* Die doppelte Benennung und die Art ihrer Begründung erinnert lebhaft an die 2 Namen des Sohnes des troischen Achill, des Hektor, Z 402 und der Tochter der Marpessa in eben jener Phönixepisode *I* 561. Aber aus diesen Parallelen lässt sich schwerlich ein Beweismoment nach irgend einer Seite gewinnen. Aber wie und wann kam der alte Phönix dazu, dem jungen Sohne des Achilleus einen zweiten Namen zu geben? Doch wohl schwerlich bei der Abholung desselben, viel eher als er zur Erziehung des Sohnes des Achill in Skyros zurückgelassen wurde. Hatte aber der Verfasser der Kyprien den Phönix als Erzieher des Neoptolemos zurückgelassen, so war er wohl ausgegangen von der rührenden Schilderung der Ammendienste, welche der verbannte Phönix in der Phönixepisode selbst *I* 485—492 dem kleinen Achill erweist. Freilich wenn Phönix als Erzieher des Neoptolemos in Skyros zurückgelassen war, wie kam er dann in die Ilias, in die Presbeia und in die ältere 17. Rhapsodie P 555 ff.? Das ist ein Rätsel, das ich nicht zu lösen vermag.

Auch bezüglich der Aineiasepisode kann man die Sache nach zwei Seiten wenden. Offenbar nämlich steht mit der Anrede des Achill an Aineias Y 189—194 *βοῶν ἄπο μοῦνον ἐόντα σεῦα κατ᾽ Ἰδαίων ὀρέων... ἔνϑεν δ᾽ ἐς Λυρνησσὸν ὑπέκφυγες· αὐτὰρ ἐγὼ τὴν πέρσα μεϑορμηϑεὶς σὺν Ἀϑήνῃ καὶ Διὶ πατρί, ληιάδας δὲ γυναῖκας ἐλεύϑερον ἦμαρ ἀπούρας ἦγον* die Erzählung der Kyprien *ἔπειτα Ἀχιλλεὺς ἀπελαύνει τὰς Αἰνείου βόας καὶ Λυρνησσὸν καὶ Πήδασον πορϑεῖ. καὶ ἐκ τῶν λαφύρων Ἀχιλλεὺς μὲν Βρισηίδα γέρας λαμβάνει, Χρυσηίδα δὲ Ἀγαμέμνων* in engstem Zusammenhang; aber welche von beiden ist als Ausgangspunkt zu betrachten? Für die Priorität der Kyprien könnte man anführen, dass der Dichter der

Aineiasepisode bei der Einnahme von Lyrnessos gerade die gefangenen Weiber nur deshalb erwähnt habe, weil er in der älteren Erzählung der Kyprien unter denselben Chryseis und Briseis vorgefunden habe.[1]) Auf der anderen Seite aber liegt es ganz in der Art der jüngeren Dichtung, eine Andeutung der älteren weiter auszuführen und bestimmte Namen, wie hier Chryseis und Briseis, an Stelle des allgemeinen Ausdrucks ληιάδας γυναῖκας zu setzen. Auch hatte der Dichter der Kyprien bei jener Gelegenheit neben Lyrnessos auch Pedasos durch die Achäer erobert werden lassen, so dass auch nach dieser Richtung die Annahme gerechtfertigt erscheint, der Dichter der Kyprien sei von der Stelle der Ilias ausgegangen und habe deren Kern erweitert.[2])

Am ehesten noch möchte man eine Stelle der Nänien Hektors auf die Eindichtung des teuthranischen Krieges in die Kyprien beziehen. Ich meine die Verse 765 f.

ἤδη γὰρ νῦν μοι τόδ' ἐεικοστὸν ἔτος ἐστίν,
ἐξ οὗ κεῖθεν ἔβην καὶ ἐμῆς ἀπελήλυθα πάτρης.

Denn selbst wenn diese Verse denen der Odyssee τ 222 f., in denen Odysseus, indem er sich für einen Kreter ausgiebt, das gleiche von sich behauptet, nachgebildet sind, so konnte

---

1) Keinen Wert lege ich darauf, dass nach dem Schol. Vict. zu Il. Η 57 in den Kyprien die schöne Briseis bei der Einnahme von Pedasos, nicht von Lyrnessos in Gefangenschaft geraten ist. Denn auch in der Interpolation des Kataloges B 690, die wir ohne Bedenken auf die Kyprien zurückbeziehen, fiel Briseis bei der Einnahme von Lyrnessos in die Hände der Achäer. Nach dem Auszug des Proklos waren eben bei jener Gelegenheit 2 Städte Pedasos und Lyrnessos eingenommen worden, so dass die Späteren leicht hier die Namen verwechseln konnten.

2) Sehr bemerkenswert für das Alter der Aineiasepisode ist die Uebereinstimmung der 3 Stellen Υ 249 ἐπέων δὲ πολὺς νόμος ἔνθα καὶ ἔνθα, Hes. op. 249 ἄχριος δ' ἔσται ἐπέων νόμος, und Hymn. Ap. Del. 20 νόμος βεβλήαται ᾠδῆς.

sich doch der Dichter die Fiktion eines Zeitraums von 20 Jahren nur unter der Voraussetzung erlauben, dass zwischen dem Raube der Helena und dem Beginne des trojanischen Krieges volle 10 Jahre verflossen seien. Einer so grossen Zeit bedurften aber die kyklischen Dichter, da Neoptolemos, den Achilleus vor der Landung in der Troas mit der Deianeira erzeugt hatte, doch nicht als zehnjähriger Knabe die Stadt Ilios einnehmen konnte; eine so grosse Zeit hatte auch der Verfasser der Kyprien nötig, indem er zwei Kriegszüge annahm, einen gegen das Land Teuthrania, das die Achäer irrtümlich für Troas hielten, und einen zweiten gegen die Stadt Ilios selbst. In die Anschauung der Kykliker passte demnach vortrefflich die Fiktion jenes Verses der Nänien, wonach seit dem Raube der Helena bis zum Tode Hektors 20 Jahre verflossen waren, und ich zweifele daher kaum, dass die ganzen Nänien Hektors oder die Verse Ω 723—776 erst nach den Kyprien gedichtet worden sind. Aber wenn nun auch diese Nänien, die unstreitig jünger als die übrigen Teile des 24. Gesang der Ilias sind, und wenn selbst auch die Aineiasepisode erst nach den Kyprien gedichtet sein sollten, so fallen doch damit keine wesentlichen Bestandteile der Ilias weg und bleibt der Satz zu Recht bestehen, dass die Ilias vor den Dichtungen des Kyklos ihren Abschluss erhielt, somit vor Beginn der Olympiadenrechnung vollendet war.

Die Odyssee, wiewohl sie in ihrem Kern vor die jüngsten Gesänge der Ilias und vor die Aithiopis zu setzen ist, erhielt ihren Abschluss doch erst nach den älteren Epen des Kyklos.

Wir hören nicht bloss gleich im Eingang der Odyssee α 326 den Seher Phemios singen von der leidreichen Heimkehr der Achäer (*Ἀχαιῶν νόστον λυγρόν*) als von dem Thema, das als das neueste am meisten Anklang finde (α 351), sondern finden auch im Fortgang der Odyssee eine Reihe von Ereignissen berührt, welche auch den Gegenstand der kyklischen Epen ausmachten, so dass es sich nur fragt: hat der Dichter der Odyssee jene Mythen aus dem Kyklos herübergenommen, oder haben die Kykliker die Andeutungen des Homer weitergeführt, oder fussten endlich beide auf älteren Heldenliedern, die erst in den bekannten Epen des Kyklos zu einem grösseren Ganzen zusammengestellt wurden. ' Um hierüber ins Klare zu kommen, müssen wir die einzelnen Fälle näher betrachten, und zwar werden wir am besten mit den beiden Gedichten des Arktinos, der Aithiopis und Iliupersis beginnen, da dieselben höchst wahrscheinlich die ältesten Werke des Kyklos sind und am sichersten zeitlich definiert werden können. Wir haben nun bereits im vorvorigen Kapitel gezeigt, dass der Schiffkatalog einerseits vor der Telemachie gedichtet ist, andrerseits bei der Erwähnung des Nireus auf die Aithiopis Bezug zu nehmen scheint. Danach müssen wir von vornherein geneigt sein, den Abschluss der Odyssee bis auf die Zeit nach Arktinos herabzurücken. Nun finden sich aber auch in den jüngeren Partien der Odyssee eine Reihe von Erzählungen, die bis aufs Detail mit den Darstellungen des Arktinos bei Proklos übereinstimmen. Dahin rechne ich zuerst den Fall des Nestoriden Antilochos durch den Sohn der Eos Memnon δ 187—9, γ 111 und ω 16. 37 f., wobei der Dichter der Telemachie den Mythus von dem Hilfszug der Aethioper, der einen Hauptbestandteil der Aithiopis bildete und sicherlich nicht zur alten Volkssage gehörte, als so allgemein bekannt voraussetzt, dass er den Memnon gar nicht mit Namen nennt, sondern durch die blosse Bezeichnung Ἠοῦς ἀγλαὸν υἱὸν genügsam gekennzeichnet hält. Dahin gehören ferner die zu Ehren des gefallenen Achill von den Musen gesungenen Klagelieder ω 47—62 und die an dessen Grabe veranstalteten Leichenspiele ω 85—92, die doch auch eher der Phantasie eines Dichters als dem Munde des Volkes ihre Entstehung verdankten. Gegenüber aber diesen Uebereinstimmungen der jüngeren Partien der Odyssee mit der Aithiopis will es nicht viel bedeuten, wenn Achill in der Nekyia λ 67 unter den Schatten des Hades erscheint, während Arktinos Achills Leichnam von Thetis dem Scheiterhaufen entrissen werden lässt,[1]) so dass ich daraus noch nicht einmal auf ein höheres Alter der Nekyia gegenüber der Telemachie zu schliessen wagen möchte. Denn teils konnte der Dichter der Odyssee einmal einen Zug der älteren Dichtung, da er ihm gerade unbequem war, unberücksichtigt lassen, teils konnte, ja musste doch auch die Seele des Helden in den Hades hinabgestiegen sein, ehe die Mutter den toten Leichnam vom Scheiterhaufen nach der Insel Leuke brachte.

Auf die Iliupersis des Arktinos beziehe ich die summarische Erzählung vom hölzernen Pferd und der Einnahme der Stadt ϑ 500—520. Dieselbe ist so gehalten, dass sie gewissermassen nur ein Auszug aus einer ausführlicheren Erzählung ist und bis auf kleine Einzelheiten, wie die Beratung der Troer, was sie mit dem hölzernen Pferde anfangen sollten, und die Tötung des Deiphobos durch Menelaos mit der Iliupersis übereinstimmt. Wahrscheinlich gehen auch die anderen Erzählungen der Odyssee vom hölzernen Pferde λ 523 bis 532 und δ 265—289 auf Arktinos zurück, namentlich die zweite, da die in dieselbe eingeschobenen Verse δ 285—8 nach unserer früher S. 7 geäusserten Vermutung aus der kleinen Ilias genommen sind. Es war aber der Mythus vom hölzernen Pferd dem Dichter der Ilias nicht bekannt, beruhte daher sicher nicht auf alter Volkstradition. Von vornherein aber hüte man sich die Dichter des Kyklos so phantasielos sich vorzustellen, dass sie überall nur von der Tafel anderer zehrten, nie auch einmal anderen Stoff zu gelegentlichen Anführungen boten.

Auch die kleine Ilias, welche an die Aithiopis anknüpfte

---

1) Ein allzu grosses Gewicht legt auf diesen Umstand Niese, Entwickelung der hom. Poesie S. 225.

und daher jedenfalls erst nach derselben entstanden ist, halte ich für älter als die Telemachie und die Nekyia. Es ist zwar über diesen Punkt schwerer zu urteilen, da der Inhalt der kleinen Ilias sich vielfach mit dem der Epen des Arktinos berührte und im Auszug des Proklos der Schluss der Aithiopis und der Anfang der Iliupersis des Arktinos, wie Welcker Ep. Cycl. II 182 vermutet, in die Brüche gefallen zu sein scheint. Aber wenn auch in der Aithiopis noch der Streit um die Waffen des Achill erzählt war und der Iliupersis die Abholung des jungen Neoptolemos und die Zimmerung des Pferdes vorausging[1]), so hat doch aller Wahrscheinlichkeit nach erst die kleine Ilias den Philoktet von Lemnos abholen und die Streitkräfte der Trojaner zur Erhaltung des Gleichgewichtes durch Herbeiziehung des Telephiden Eurypylos verstärken lassen. In der Odyssee aber wird des Philoktet, von der zweifelhaften Stelle λ 219—223 ganz abgesehen, in γ 190, des Eurypylos in λ 519—22 gedacht. Diese letzte Stelle ist besonders interessant, weil sie mit den an und für sich dunklen Worten πολλοὶ δ' ἀμφ' αὐτόν (sc. Εὐρύπυλον) ἑταῖροι Κήτειοι κτείνοντο γυναίων εἵνεκα δώρων offenbar auf eine ausführliche Darstellung hinweist. Dieselbe stand aber, wie wir durch einen glücklichen Zufall wissen, in der kleinen Ilias fr. 6, wo der goldene Weinstock geschildert war, den Laomedon als Entgelt für Ganymedes erhalten hatte, und mit dem die Mutter des Eurypylos Astyoche, ähnlich wie die Frau des Amphiaraos Eriphyle in der Thebais, bestochen wurde. Hier haben wir also eine offenbare Benützung der kleinen Ilias; denn es ist doch ebenso wenig glaublich, dass schon Arktinos das gleiche Motiv gebraucht habe, als dass eine solche poetische Darstellung anders als in dem Kopfe eines Dichters

---

1) Auf die kleine Ilias scheint indes deutlich der Vers λ 508 αὐτὸν γάρ μιν ἐγώ (sc. Ὀδυσσεὺς Νεοπτόλεμον) κοίλης ἐπὶ νηὸς ἐΐσης ἤγαγον ἐκ Σκύρου hinzuweisen, da in derselben Diomedes den Philoktet, Odysseus aber den Neoptolemos abholte.

entstanden sei.] Wir brauchen deshalb nicht noch auf die Erzählung von der List des als Bettler verkleideten Odysseus δ 242—258 einzugehen, die gleichfalls in der kleinen Ilias nach dem Auszug des Proklos (Ὀδυσσεὺς αἰκισάμενος ἑαυτὸν κατάσκοπος εἰς Ἴλιον παραγίνεται) erwähnt war.

Weitaus am meisten sind in der jüngeren Odyssee die Erzählungen der Nostoi berührt, jedoch so, dass hier mein Urteil darüber, wo wir die Quelle zu suchen haben, am längsten schwankte. Die Erzählungen stimmen bis ins kleinste Detail mit einander überein, so dass von vornherein daran nicht gezweifelt werden kann, dass entweder die Nostoi die Odyssee, oder die Odyssee die Nostoi benützt haben.] Das Unglück der heimkehrenden Helden wird in den Nostoi des Hagias und in der Odyssee γ 135 und α 327 von dem Zorne der Athene und der Entzweiung des Agamemnon und Menelaos über die Weise der Sühnung des Zornes der Göttin hergeleitet. Die getrennte Abfahrt des Diomedes und Nestor, sodann des Menelaos wird in beiden Dichtungen in gleicher Weise erzählt, wobei selbst in der Zahl der Schiffe, mit denen Menelaos aus dem Sturme bei Kreta entkommt, die Nostoi (Μενέλαος μετὰ πέντε νεῶν εἰς Αἴγυπτον παραγίνεται) zur Odyssee γ 299 (ἀτὰρ τὰς πέντε νέας κυανοπρῳρείους Αἰγύπτῳ ἐπέλασσε φέρων ἄνεμος) stimmen. In gleicher Weise erzählen endlich beide Dichtungen die Ermordung des Agamemnon durch Klytaimnestra und Aigisthos und die Rache, welche der heimkehrende Orestes an der gottlosen Mutter nimmt[1]), sowie den Sturm an den Felsen Euböas[2]),

---

1) Die betreffenden Stellen der Odyssee sind α 29—43, γ 248 bis 275, γ 303—312, δ 512—537, λ 387—434, ω 20—97; die Uebereinstimmung lässt sich noch erhöhen, wenn man γ 306 ἦλϑε δῖος Ὀρέστης ἄψ ἀπ' Ἀϑηνάων mit Zenodot liest ἄψ ἀπὸ Φωκήων.

2) In der speziellen Lokalität zeigt sich eine kleine nichts bedeutende Divergenz, indem in der Odyssee δ 500 die Γυραὶ πέτραι,

welcher die Flotte der Griechen zerstreut und den Frevler Aias, des Oileus Sohn, dem Verderben weiht. Aber wer hat den anderen benützt, der unbekannte Dichter der jüngsten Teile der Odyssee, oder Hagias der Verfasser der Nostoi? Das ist die schwerer zu entscheidende Frage. Der Umstand, dass die Nostoi den νόστος Ὀδυσσέως voraussetzen und eben deshalb nicht erzählen, ja dass sie, indem sie den heimkehrenden Neoptolemos in dem Hause des Maron mit Odysseus zusammenkommen lassen, die Bekanntschaft mit den Versen der Odyssee ι 197 f. οἴνοιο ἡδέος, ὅν μοι ἔδωκε Μάρων Εὐάνθεος υἱός, ἱερεὺς Ἀπόλλωνος, ὃς Ἴσμαρον ἀμφιβεβήκει deutlich verraten, ist natürlich nur für die Unitarier von massgebender Bedeutung. Uns, die wir an den einen Dichter Homer nicht glauben, steht recht wohl der Ausweg offen, dass einesteils Hagias die alte Odyssee gekannt, aber wiederum dem Dichter der Telemachie und der letzten Erweiterungen der Odyssee zur Quelle gedient habe.¹) Auf der anderen Seite lege ich auch keinen Wert mehr auf den Artikel in der bereits oben angeführten Stelle γ 299 τὰς πέντε νέας κυανοπρῳρείους Αἴγυπτῳ ἐπέλασσε, da der homerische Sprachgebrauch nicht gestattet denselben im Sinne des Hinweises auf eine bekannte Erzählung zu deuten. Eher könnte

in dem Auszug des Proklos die Καφηρίδες πέτραι genannt sind. Siehe Nitzsch, Erklärende Anmerkungen zur Odyssee I 278. Ausserdem bemerke ich, dass von der Heimkehr des Philoktet und Idomeneus, den die Telemachie γ 190—192 erwähnt, der Auszug der Nostoi nichts enthält; vielleicht aber ist daran nur die Dürftigkeit des Auszugs unseres Proklos schuld.

1) Auch die Notiz des Eustathios zu Od. p. 1796, 53, wonach in den Nostoi eine sehr junge Fabel, die Heirat des Telemachos mit der Kirke und des Telegonos mit der Penelope, erzählt war, ist ohne Bedeutung, da hier offenbar die Nostoi mit der Telegonie des Eugammon verwechselt sind, vielleicht in Folge davon, dass in der Handschrift des Eustathios oder seines Gewährsmannes die Nostoi und die Telegonie zu einem Band vereinigt waren.

man sagen, dass die Erzählung in γ 130—200 zu breit angelegt sei, so dass man das Bestreben des Dichters erkenne, noch andere bereits bekannte Sagen in die Odyssee einzuziehen. Aber das reicht doch zur Begründung der Annahme, dass die Nostoi vor die Telemachie fallen, nicht aus; auch kann man dem auf der anderen Seite entgegensetzen, dass die Erzählung der Abenteuer des Menelaos in Aegypten im 4. Gesang der Odyssee gar nicht wie ein Auszug einer grösseren Erzählung, sondern ganz wie eine eigene Erfindung ausschaut, dass auch die Erzählung im 3. Gesang, wie zuerst Nestor und Diomedes absegeln, später dann Menelaos nachkommt und sie in Lesbos erreicht, sich in diesem Zusammenhang weit besser liest als in dem der Nostoi, wo die Reise des Menelaos in einem anderen Abschnitt, wahrscheinlich sogar in einem anderen Buche getrennt für sich erzählt war, dass endlich die speziellen Angaben über die doppelten Seewege oberhalb und unterhalb der Insel Chios γ 170—2 auf einen chiischen Homeriden als Erfinder der ganzen Erzählung hinzuweisen scheinen. Mehr aber als alles dieses bestimmt mich der Umstand, dass es in der Odyssee δ 12 f von dem spätgeborenen Sohne des Menelaos Megapenthes schlechthin heisst ὅς οἱ τηλύγετος γένετο κρατερὸς Μεγαπένθης ἐκ δούλης, während in den Nostoi die Sklavin (nach der Ueberlieferung der Scholien zu dem Verse) einen bestimmten Namen hatte. Darin verrät sich nämlich deutlich, wie Bergk Gr. Lit. S. 725 und Kirchhoff, Hom. Odyssee S. 333 richtig bemerken, der jüngere Dichter. Ich komme daher zu dem Schluss, dass Hagias, der Dichter der Nostoi, der mindestens schon vor Kallinos lebte, die Odyssee als Quelle benützt hat, dass aber zur Zeit des Dichters der Telemachie die Geschicke der heimkehrenden Helden schon in zahlreichen Einzelliedern besungen waren.

Wir kommen zu den Kyprien, die nach den erhaltenen Fragmenten, namentlich nach der fast noch ganz festgewurzelten Geltung des Digammas ein älteres Gepräge tragen als die Nostoi. Aber trotzdem lässt sich auch von ihnen erweisen, dass wenigstens die Telemachie ihnen an Alter voraus war. Dazu stehen uns namentlich zwei Momente zu Gebot.[1]) Allbekannt ist die schöne Schilderung der Odyssee δ 417 ff von den wundervollen Verwandlungen des ägyptischen Meergreises Proteus. In ähnlicher Weise liessen die Kyprien fr. 6 die personificierte Göttin Nemesis, um den Zudringlichkeiten des Göttervaters zu entgehen, sich bald in einen Fisch, bald in ein Tier des Festlandes verwandeln. Keiner wird hier bei unbefangenem Urteil zweifelhaft sein, welche Stelle den Vorzug verdiene, und welche demnach als Original gegenüber der lahmen Copie anzusehen sei. Entscheidender noch ist, dass die Odyssee nirgends die Opferung der Iphigenia durchblicken lässt, auch da nicht, wo, wie in der Rede des Agamemnon λ 430 ἥ τοι ἔφην γε ἀσπάσιος παίδεσσιν ἰδὲ δμώεσσιν ἐμοῖσιν οἴκαδ' ἐλεύσεσθαι', der Dichter ihrer hätte gedenken müssen, wenn er sie gekannt hätte. Es hat also erst der erfindungsreiche Dichter der Kyprien jene Fabel erdichtet, um in grossartiger Verkettung der Geschicke des Atridenhauses den Gedanken durchzuführen, dass ein Frevel immer neuen Frevel erzeugen muss. Gegenüber diesen zwei Thatsachen fallen die, welche man gegen den aufgestellten Satz aufbringen könnte, nicht ins Gewicht. Das Wechsellos der Tyndariden Kastor und Pollux, οἳ καὶ νέρθεν γῆς τιμὴν πρὸς Ζηνὸς ἔχοντες ἄλλοτε μὲν ζώοσ' ἑτερήμεροι ἄλλοτε δ' αὖτε τεθνῶσιν (λ 300 ff.), war allerdings auch in den Kyprien erwähnt; aber niemand wird sagen können, dass erst der Dichter der Kyprien die Fabel, welche allerdings die Ilias noch nicht kennt, aufgebracht habe. Ausserdem lassen sich

1) Sittl, Griech. Lit. I 172 hat auch in Cypr. fr. 10 eine Anlehnung an δ 219 finden wollen. Aber den Wein als Sorgenbrecher konnte der Dichter preisen, ohne dazu eines Vorganges zu bedürfen, zumal in der Stelle der Odyssee der Wein erst durch das ägyptische Zaubermittel seine Kraft erhält.

die Verse λ 298—304 oder 301—304, ohne dass das Ganze irgend einen Schaden erleide, leicht ausscheiden, wie unlängst auch wirklich Fick, Hom. Odyssee S. 309 gethan hat. Ferner läge es nahe, die Verse der Telemachie γ 105 † ἠμὲν ὅσα ξὺν νηυσὶν ἐπ' ἠεροειδέα πόντον πλαζόμενοι κατὰ ληΐδ' ὅπῃ ἄρξειεν Ἀχιλλεύς auf den Inhalt des ersten Teiles der Kyprien oder den teuthranischen Krieg zu beziehen. Aber bei näherer Erwägung wird man finden, dass dazu der Ausdruck der Odyssee zu vage und unbestimmt ist, und dass weit eher jene Verse, mit denen Ω 7—8 ἠδ' ὁπόσα τολύπευσε σὺν αὐτῷ καὶ πάθεν ἄλγεα ἀνδρῶν τε πτολέμους ἀλεγεινά τε κύματα πείρων zusammenzustellen sind, in ihrer Allgemeinheit dem Dichter der Kyprien zu seiner speziellen Fiktion die Handhabe boten. Geradeso aber scheinen auch die Verse λ 447 f.[1]) und ω 102—119, wonach Agamemnon und Menelaos den Odysseus zur Fahrt abholten und erst nach vieler Mühe dazu überredeten, den Dichter der Kyprien zur weiteren Fiktion, dass Odysseus sich dabei wahnsinnig gestellt habe, veranlasst zu haben.[2]) Am meisten noch liess mich eine zeitlang an ein höheres Alter der Kyprien die Erzählung vom Ringkampf des Odysseus mit dem Riesen Philomeleides δ 342 f. und ρ 133 f. denken. Denn dass die Geschichte irgendwo ausführlicher erzählt war, dürfen wir bei dem ganzen Charakter der jungen Zudichtungen der

---

1) Die Stelle ist obendrein nicht ganz intakt, indem entweder die Verse λ 444—453 oder λ 454—6 als Interpolation fallen müssen.

2) Vielleicht scheinen auch die Verse θ 73—82 vom Hader des Odysseus und Achillens vor der ἀρχὴ πήματος den Verfasser der Kyprien bestimmt zu haben, vor der Landung in Troas die Helden bei einem ausgelassenen Gelage hintereinander kommen zu lassen; denn so etwas muss auch in den Kyprien dort, wo es bei Proklos heisst καταπλέουσιν εἰς Τένεδον καὶ εὐωχουμένων αὐτῶν vorgekommen sein, wie ich aus dem Inhalt des sophokleischen Satyrdramas Σύνδειπνοι ἢ Ἀχαιῶν σύλλογος, besonders aus fr. 142 bei Nauck trag. gr. fr. schliesse.

Odyssee und bei der eigentümlichen Bezeichnung des Ringers mit dem Patronymikon Φιλομηλείδης mit Zuversicht erwarten. Nun weiss allerdings der Auszug des Proklos nichts von einem solchen Ringkampf; da aber Eustathios im Commentar zu δ 346 anführt, dass Odysseus, als die Achäer bei Lesbos anlegten, jenen Kampf bestanden habe, so könnte man vermuten, dass jenes Abenteuer in den Kyprien, wo die Flotte beim Zug nach Mysien an Lesbos vorbeikommen musste, erzählt worden, und nur im mageren Auszug des Proklos ausgefallen sei. Aber das wäre doch nur eine Vermutung, die obendrein an Gehalt dadurch verliert, dass an jener Stelle zu οἷός ποτ' ἐυκτιμένῃ ἐνὶ Λέσβῳ die aller Wahrscheinlichkeit nach ältere und richtigere Variante ἐν Ἀρίσβῃ überliefert ist.

Fassen wir nun die bis jetzt gewonnenen Resultate zusammen, so erhielt also die Odyssee ihren Abschluss durch Zudichtung der Telemachie, der Nekyia und des Schlussgesanges zur Zeit, als der epische Gesang weitere Kreise zog und von den alten Mittelpunkten der Dichtung, der Menis Achilleos und dem Nostos Odysseos, zur Verherrlichung anderer Teile der trojanischen Sage, namentlich des Falles der Feste Ilios und der Heimkehr der Helden, überging. Jedoch hatte damals die Blüte der kyklischen Poesie erst begonnen; nur die beiden Epen des Arktinos, die Aithiopis und Iliupersis, wahrscheinlich auch die kleine Ilias des Lesches waren dem jüngsten Erweiterer der Odyssee bereits bekannt, die Nostoi, die Kyprien und die Telegonie waren noch nicht gedichtet. Wer aber an unserer Kühnheit, mit der wir das seit Aristarch geltende Verhältnis zwischen Homer und Kyklos umzudrehen wagten, Anstoss nimmt und zur Erklärung der Thatsachen sich lieber auf die allgemeine Sage berufen will, den bitten wir doch sich ohne Phrasenglauben ein Urteil darüber zu bilden, welche Erfindungen man vernünftiger Weise dem Volke und der Volkssage zumuten darf, den bitten wir insbesondere auch die treffenden Bemerkungen Kirchhoffs Hom. Od. S. 333 zu beachten: „es ist unmöglich die auffällige Zusammenstimmung beider Darstellungen in Plan und Anordnung aus der gemeinschaftlichen Quelle zugrunde liegender Sagenüberlieferung herzuleiten; denn die Uebereinstimmung erstreckt sich nachweislich auf Besonderheiten und Details, welche sich auf die Sage als Quelle nicht zurückführen lassen; so unbedeutende Nebenfiguren, wie Megapenthes samt seiner Sippschaft haben, wenn sie überhaupt der Sagenüberlieferung angehörten, keine so hervorragende Rolle gespielt, dass dadurch verschiedene Dichter unabhängig von einander sie zu berücksichtigen genötigt waren."

Kehren wir zu unserer Aufgabe zurück, so hat der Dichter der jüngsten Partien der Odyssee von kyklischen Epen ausser denen des trojanischen Sagenkreises vielleicht auch noch die kyklische Thebais oder die Oidipodeia benützt, von welchen Dichtungen die letztere dem von Eusebios auf Ol. 4 angesetzten Lakedämonier Kynaithon zugeschrieben, die erstere selbst von Kallinos (s. Paus. IX 9, 5) als homerisch ausgegeben wurde. Auf die Quelle dieser Epen des thebanischen Sagenkreises möchte man nämlich gern den Absatz über die Epikaste in der Nekyia λ 271—280 zurückführen; leider wissen wir aber nicht, wie die Mutter des Oedipus in jenen Epen hiess, ob Iokaste, wie bei den Späteren, oder Epikaste, wie an jener Stelle der Odyssee; nur daraus liesse sich ein sicherer Anhaltspunkt für oder dawider gewinnen.[1])

---

[1]) Leider ist der gegen das Digamma verstossende Halbvers δέπας ἡδέος οἴνου, der zugleich in der Odyssee γ 51 und in einem Fragmente der Thebais 2, 4 vorkommt, an beiden Stellen gleich passend, so dass man nicht erkennen kann, an welcher derselben er zuerst stand. Andrerseits haben Otfr. Müller, Orchomenos 226 und Welcker Ep. Cycl. II 314 ein näheres Verhältnis zwischen der Odyssee und der Oidipodeia daraus erschlossen, dass in beiden Epikaste oder Iokaste nicht als Mutter der 4 Kinder des Oedipus aufgeführt wurde.

Interessant wäre es endlich noch etwas näheres zu ermitteln über das Verhältnis der jüngsten Erweiterung der Odyssee zu Hesiod. Leider aber haben sich mir bis jetzt in meinen Studien noch keine feste Anhaltspunkte zur Klärung dieses Verhältnisses ergeben. Ich möchte nur glauben, dass in der Frauenepisode der Nekyia λ 225—330 Einfluss des Hesiod und seiner Schule zu suchen sei,[1]) und dass insbesondere der Passus von der Chloris und Pero λ 281—297 sich auf die Melampodeia beziehe. In letzterer Beziehung ist von besonderer Bedeutung, dass λ 291 der Sohn des Melampus einfach mit μάντις ἀμύμων ohne Nennung eines Namens bezeichnet ist, etwas was natürlich nur geschehen konnte, wenn der Dichter die Geschichte des Sehers Melampus als allgemein bekannt voraussetzen durfte. Freilich stimmt gegen diese Vermutung, was ich nicht verschweigen will, die häufige Vernachlässigung des Digammas in der Melampodie, indem nur einmal fr. 178 vor ἴδμεν ein Hiatus steht, aber das Digamma von εἴδετο fr. 177, εἰδείη fr. 187, οἶκον fr. 182 jede Kraft verloren hat. Aber es sind uns doch zu wenig Verse erhalten, als dass dieser Umstand viel bedeute.

Sachliche Anzeichen bestimmen uns den Abschluss der Odyssee circa Ol. 15 oder 715 v. Chr. zu setzen.

Auf dem Kypseloskasten war nach Pausanias V 10, 7 eine Scene der Odyssee, Odysseus Kirke und ihre 4 Dienerinnen nach Od. κ 340 ff. dargestellt. Damals also oder um 650 herum bildeten bereits Erzählungen der Odyssee Gegenstand der bildlichen Darstellung. Näher berühren uns die Darstellungen auf dem amykläischen Thron: ᾄδων ὁ Δημό-

---

1) Die Scholien verweisen einmal zu λ 326 bezüglich der Klymene ausdrücklich auf Hesiod: ἡ δ᾽ ἱστορία παρὰ Ἡσιόδῳ, wobei freilich der κατάλογος γυναικῶν gemeint scheint, der wegen seiner späten Abfassung sicher ausser Betracht bleiben muss.

δοκος, Ἀχιλλέως μονομαχία πρὸς Μέμνονα, Ἑρμῆς παρ᾽ Ἀλέξανδρον κριθησομένας ἄγων τὰς θεάς, τὰ ἐς Μενέλαον καὶ τὸν Αἰγύπτιον Πρωτέα ἐν Ὀδυσσείᾳ, von denen uns Pausanias III 18 berichtet. Da nun unser Gewährsmann Pausanias die älteren Weihgeschenke von Amyklä aus dem Zehnten des messenischen Krieges gestiftet sein lässt — doch wohl des zweiten im Jahre 628 beendigten, — so müssten nach ihm die Dichtungen, denen der Verfertiger des amykläischen Thrones, Bathykles aus Magnesia, seinen Stoff entlehnte, also die Telemachie, die Aithiopis, die Kyprien bereits einige Zeit vor der Unterwerfung Messeniens oder bereits um die Mitte des 7. Jahrhunderts allgemein bekannt gewesen sein. Damit würden wir nun allerdings für das alte Epos der Griechen einen sehr wichtigen terminus ante quem gewinnen; schade nur, dass die Kunstgeschichte gegen die Angabe des Pausanias Zweifel und zwar sehr gewichtige Zweifel erhebt, da der Thron von Amyklä, nach Technik und Darstellungen zu urteilen, jünger als der Kypseloskasten ist und kaum vor der Zeit des Krösus oder der Mitte des 6. Jahrhunderts entstanden ist.

Einen anderen Anhaltspunkt bietet die Colonisation von Sicilien. Während noch in dem alten Nostos der Odyssee der Westen Europas in märchenhaftes Dunkel gehüllt ist, treten uns im hellsten Lichte zeitgenössischer Verhältnisse die Namen Σικελοί ε 383, ω 211, 366, 389 und Σικανίη ω 307 entgegen, zu denen vielleicht auch noch Θρινακίη λ 107, μ 127, 135, τ 275 zu stellen ist. Nun fallen die ersten Colonisationen der Griechen in Sicilien erst um Ol. 10.[1])

---

1) Ol. 10 nach Eusebios, der die Gründung von Syrakus, welche Stadt nach dem bekannten Zeugnis des Thukydides VI 3 ein Jahr später als die erste griechische Colonie in Sicilien angelegt wurde, auf Ol. 11 ansetzt. Etwas höher freilich, auf Ol. 5, 3 setzt das Marmor Parium die Gründung von Syrakus hinauf (s. Boeckh C. I. G. II 335),

Kaum früher, viel eher um einige Olympiaden später, muss demnach der letzte Gesang der Odyssee und die Theoklymenosepisode ο 347—389 angesetzt werden. Denn wenn auch, worauf sich Niese, Entw. d. hom. Poesie S. 226, in seiner ablehnenden Haltung steift, der Gründung fester Niederlassungen ein freier Handelsverkehr vorausgegangen sein mag, so setzt doch die Verwendung von sicilischen Frauen als Dienerinnen im Haushalt der Griechen des Mutterlandes voraus, dass durch den Krieg kriegsgefangene Sklavinnen in die Hände der Ansiedler gekommen und dann weiter nach Griechenland verkauft worden waren. Wir dürfen ohne Zaudern Ol. 10 als terminus post quem für die Abfassung jener letzten Partien der Odyssee aufstellen.¹)

Die an den Enden des Okeanos wohnenden, in Dunst und Nebel gehüllten Kimmerier der Odyssee λ 14 wurden

---

von welcher doppelten Datierung ich auch bei Eusebios in dem zweifachen Ansatz der Lebenszeit des Dichters Eumelos ein Anzeichen finde. Denn dieser soll nach Clemens Alex. strom. I p. 398 ed. Pott. zur Zeit des Archias, des Gründers von Syrakus ($\dot{\epsilon}\pi\iota\beta\epsilon\beta\lambda\eta\kappa\dot{\epsilon}\nu\alpha\iota\ \text{Ἀρχίᾳ}\ \tau\tilde{\omega}\ \Sigma\upsilon\rho\alpha\kappa o\dot{\nu}\sigma\alpha\varsigma\ \kappa\tau\dot{\iota}\sigma\alpha\nu\tau\iota$) gelebt haben, so dass dieses vermutlich der Ausgangspunkt für die Literarhistoriker bei Feststellung der Zeit des Dichters war. Wenn daher Eusebios den Eumelos Ol. 4 und Ol. 11 setzt, so haben wir hier wahrscheinlich einen Reflex der zwiefachen Angabe über die Gründung von Syrakus. Auf ganz schwankenden Boden begiebt sich der englische Literarhistoriker Mahaffy S. 29, wenn er beide Ansätze über die Gründung von Syrakus verwirft und dieselbe bis circa 700 v. Chr. herabrückt.

1) In neuester Zeit hat Fick, Homerische Odyssee S. 282 f. die bestechende Hypothese aufgestellt, dass alle Stellen, in denen Siciliens erwähnt wird, erst von dem Homeriden Kynaithos in die Odyssee eingeschoben worden seien. Warum ich, von anderem abgesehen, dieser Vermutung nicht beitreten kann, wird weiter unten erhellen. Jene Stellen sind nämlich, was auch Fick's Meinung ist, nicht jünger als der Schluss der Odyssee; dieser aber ist nach sprachlichen und sachlichen Anzeichen geraume Zeit vor jenem Rhapsoden gedichtet, selbst wenn man ihn mit Fick aus Ol. 69 in Ol. 29 hinaufrücken will.

schon im Altertum¹) zur Zeitbestimmung des Homer herangezogen. Und in der That hat es auch einige Wahrscheinlichkeit, dass diese Fiction des Dichters, selbst wenn der Name ursprünglich das Nachtvolk bedeuten sollte, mit dem historischen Einfall der von den Gestaden des Pontos in Lykien einfallenden Kimmerier zusammenhängt.²) Diese Einfälle begannen aber zur Zeit des Lydierkönigs Gyges (716—678), und wurden von Kallinos als Augenzeuge besungen. Aber wenn nun auch die historischen Kimmerier und die Kimmerier der Odyssee in Zusammenhang stehen, so fragt es sich nun erst doch noch, ist daraus ein terminus ante quem oder post quem zu statuieren. Ich plädiere entschieden für das erste, da dieselben zur Zeit, als sie schon in nächster Nähe sich zeigten und Sardes und Magnesia berannten, also zur Zeit des Kallinos unmöglich mehr in die Nebelgegend des Okeanos verlegt werden konnten. Das konnte nur geschehen, als erst die erste Kunde von einem noch am fernen Pontos hausenden räuberischen Volke nach den griechischen Städten Kleinasiens drang, also eher im 8. als im 7. Jahrhundert.

In dem jüngeren Nostos wird $\varkappa$ 108 die schönfliessende Quelle Artakie erwähnt, von der die Töchter der Lästrygonen Wasser holten. Diese Quelle aber, die auch Alkaios nach dem Scholiasten des Apollonios Rhod. I 956 erwähnte, war, wie Kirchhoff, Hom. Od. 287 ff. wahrscheinlich gemacht hat, vom Dichter des jüngeren Nostos aus der Argonautensage

---

1) Vgl. Rohde Rhein. Mus. 36, 555 ff.

2) Man muss dabei, um nicht an der Verlegung der Kimmerier an den Okeanos und den Eingang in die Unterwelt Anstoss zu nehmen, in Erwägung ziehen, dass die Alten bei ihrer unvollkommenen Kenntnis der Erde das schwarze Meer mit dem atlantischen Ocean in Verbindung stehend dachten, und dass der Dichter das Schiff des Odysseus μ 60 ff. nach dem Verlassen des Okeanos zu den aus der Argofahrt berühmten Plankten kommen lässt.

herübergenommen worden. In die Argonautensage selbst, die, wie das bekannte Ἀργὼ πᾶσι μέλουσα (μ 70) zeigt, vor Abschluss der Odyssee Gegenstand epischer Lieder gebildet hatte, war sie in Folge der Gründungsgeschichte von Kyzikus gekommen, wie uns die eben angeführten Scholien belehren. Nun wird die Gründung von Kyzikus von Eusebios in Ol. 7 und Ol. 24 gesetzt. Vor Ol. 7 dürfen wir also in keinem Falle jenen Vers und seine Umgebung, den jüngeren Nostos, setzen, da kein ausreichender Grund vorliegt den Vers selbst, den man allerdings entbehren kann, mit Bergk Griech. Lit. 684 als späte Interpolation zu verdächtigen.

Einen Hauptanhaltspunkt endlich zur chronologischen Bestimmung des Abschlusses der Odyssee ist in dem Verse ω 88 ζώννυνταί τε νέοι καὶ ἐπεντύνονται ἄεθλα enthalten. Danach müssen damals noch ganz gewöhnlich die Jünglinge bei den Wettkämpfen sich gegürtet haben. Nun erfahren wir aber durch das Scholion zu Il. Ψ 683 und andere von Böckh im C. I. G. I 554 verzeichneten und beleuchteten Stellen, dass seit der 15. Olympiade die Wettkämpfer in Olympia das ζῶμα ablegten. Der in Olympia eingeführte und auch von Hesiod in der Schilderung des Wettkampfes des Hippomenes und der Atalante berücksichtigte Brauch ist gewiss bald zur allgemeinen Geltung bei den Hellenen gekommen, und wir dürfen demnach Ol. 15 beiläufig als terminus ante quem für die Abfassung des letzten Gesanges der Odyssee annehmen.[1])

Nimmt man all die angeführten Momente zusammen und zieht noch aus den obigen Auseinandersetzungen S. 16 heran, dass die Telemachie nach dem Schiffskatalog gedichtet ist und dass vielleicht auch δ 636 f, weil die Stelle dem

---

[1]) Bergk, Griech. Lit. 725 meint, dass diese Stelle nach keiner Seite hin entscheidend sei; das ist aber weiter nichts als eine Behauptung, die man aufstellt, wenn einem eine historische Ueberlieferung nicht in seinen Kram passt.

interpolierten Vers φ 32 nachgebildet scheint¹), in der Zeit nach dem ersten messenischen Kriege entstanden ist, so können wir für unsere These, dass die Odyssee gegen Ende des 8. Jahrhunderts, etwa um Ol. 15 (circa 715 v. Chr.) ihren Abschluss erhalten habe, einen hohen Grad von Wahrscheinlichkeit in Anspruch nehmen. Ohne Not weiter herabzugehen verhindern uns aber auch noch einige sprachliche und literarhistorische Erwägungen allgemeiner Natur. Selbst in der Telemachie und Nekyia und den grösseren verbindenden Partien, welche Hennings und Bergk ihrem Ordner oder Diaskeuasten zuschreiben, hat das Digamma noch nicht seine Kraft ganz eingebüsst, wenn ich mich auch scheuen würde dasselbe für diese Gesänge als vollen Buchstaben in den Text aufzunehmen. Hingegen finden sich bei den jonischen Dichtern des 7. Jahrhunderts, bei Kallinos und Archilochos von diesem Laut nur noch ganz schwache Spuren und fängt derselbe sogar schon bei den äolischen Dichtern Alkaios und Sappho zu schwinden an. Das bildet aber immerhin einen chronologischen Scheidepunkt, auch wenn man zugiebt, dass der Dialekt der chiischen Homeriden von dem der milesischen und ephesischen Dichter möglicher Weise auch in diesem Punkte stark verschieden war und dass sich in der Kunstsprache der epischen Sänger vererbte Laute älterer Sprachperioden, wie eben auch das Digamma, länger erhalten konnten. Sodann schlägt bereits gegen Ende des 8. Jahrhunderts der Korinthier Eumelos eine andere Richtung in der epischen Poesie ein, indem er das genealogische Element und die Städtegründung in den Vordergrund stellt und das Epos stark der Geschichtsschreibung nähert, und tritt im 7. Jahrhundert mit dem Aufblühen der Elegie, des Jambus und des Nomos eine ganz andere Gattung von Poesie in den Vordergrund des geistigen Lebens der Griechen. Im 7. Jahrhundert endlich war die homerische

---

1) Siehe Sittl, Wiederholungen S. 92.

Poesie schon so in das Dunkel vergangener Zeiten zurückgetreten, dass Archilochos dem Homer den Margites, Kallinos die kyklische Thebais zuschreiben konnte. Eine solch mythische Gestalt konnte doch Homer nicht annehmen, wenn damals seine Hauptwerke noch nicht abgeschlossen waren, sondern noch so bedeutende Erweiterungen, wie die Telemachie und Nekyia, von gleichzeitigen Dichtern erhielten.

Chronologie der Kykliker.

Kehren wir nun schliesslich nochmals zu den Kyklikern zurück, um auch durch sie die Richtigkeit unserer bisherigen Rechnung zu erproben!

Arktinos wird von Eusebios, Kyrillos, Synkellos in Ol. 1 (von Eusebios daneben auch Ol. 4) gesetzt, Suidas, oder vielmehr Hesychios von Milet setzt ihn unter Berufung auf eine Schrift des Klazomeniers Artemon über Homer, 400 Jahre nach den Troika κατὰ τὴν θ᾽ ὀλυμπιάδα, welch letzterer Satz vielleicht, wie Sengebusch Jahrb. f. Phil. LXVII 379[1]) vermutete, aus κατὰ τὴν α᾽ ὀλ. verderbt ist. Wir haben nach dem Vorausgehenden durchaus keinen Grund an der Richtigkeit dieser Ueberlieferung zu zweifeln, und bleiben daher trotz Fick's[2]) Einwendung bei der Annahme stehen, dass um den Beginn der Olympiadenrechnung Arktinos gelebt hat und damals also die Ilias bereits abgeschlossen war.

---

1) Beistimmend äussert sich auch Düntzer Hom. Fragen S. 146.

2) Fick in Bezzenbergers Beitr. VII 150. Freilich hat es der grosse Revolutionär der homerischen Sprache nicht der Mühe wert gehalten seinen Zweifel näher zu begründen; es hängt aber derselbe offenbar mit seiner Anschauung von dem äolischen Urtext der alten Ilias und Odyssee zusammen, da doch Arktinos sicher schon im jonischen Dialekte geschrieben hatte und desha'b möglichst weit von dem äolischen Homer weggerückt werden musste. Wie unwahrscheinlich aber oder richtiger wie haltlos die zugrund liegende Voraussetzung sei, habe ich unlängst in meiner Recension von Fick's homerischer Odyssee im Philologischen Anzeiger darzulegen versucht.

Die Blüte des Lesches, des Verfassers der kleinen Ilias[1]), wird von Eusebios und ebenso von Synkellos Ol. 30 gesetzt. Dieser Ansatz ist mit unseren Aufstellungen über die Benützung der kleinen Ilias durch den Dichter des Schiffskataloges, der Telemachie und der Nekyia nicht vereinbar, steht aber auch im Widerspruch mit der Angabe des Peripatetikers Phaneias bei Clemens Alex. strom. I p. 397 ed. Pott.: *Φανείας δὲ πρὸ Τερπάνδρου τιθεὶς Λέσχην τὸν Λέσβιον Ἀρχιλόχου νεώτερον φέρει τὸν Τέρπανδρον, διημιλλῆσθαι δὲ τὸν Λέσχην Ἀρκτίνῳ καὶ νενικηκέναι.* Denn wollen wir auch von dem Siege über Arktinos ganz absehen, obschon ich nicht sehe, warum man dieser Nachricht an und für sich misstrauen soll, so führt uns schon die Angabe, dass Lesches vor Terpander gelebt, auf ein höheres Alter, indem Terpander nach Athenaios XIV p. 635 E in Sparta an den Karneen Ol. 26 siegte. Ich vermute aber, dass gerade jene Ueberlieferung des Phaneias über das Verhältnis des Lesches zu Terpander und Archilochos den falschen Ansatz veranlasste. Denn derselbe Eusebios setzt Terpander in Ol. 34 und Archilochos in Ol. 28, scheint also von Phaneias aus-

---

1) Allerdings hat das Altertum nicht einstimmig die kleine Ilias dem Lesches zugeschrieben, und neuerdings hat die Autorschaft des Lesches Sittl in seiner Geschichte der griech. Lit. I 176 bestritten, indem er darauf aufmerksam macht, dass nach dem Schol. Vict. ad Eurip. Troad. 821 der Lesbier Hellanikos nicht seinem Landsmanne Lesches aus Methymna, sondern dem Lakedämonier Kynaithon die kleine Ilias zuschreibt, und in dem Namen Lesches ein Appellativ zur Benennung des Sängers in der λέσχη sieht. Die letztere luftige Hypothese schlagen wir billig in den Wind, zumal der volle Name des Dichters bei Pausanias X 25, 5 *Λέσχεως ὁ Αἰσχιλίνου Πυρραίος* den historischen Charakter des Dichters sattsam beurkundet. Aber auch der Angabe des noch stark in der Fabelwelt befangenen Logographen Hellanikos können wir getrost das oben angeführte Zeugnis des jüngeren Lesbiers, des Peripatetikers Phaneias aus Eresos, entgegensetzen.

gegangen zu sein, wenn er den Lesches inmitten der zwei auf Ol. 30 ansetzte. Nun muss allerdings Lesches jünger wie Arktinos gewesen sein, da seine kleine Ilias eine Fortsetzung der Aithiopis des Arktinos war; aber nach dem oben bemerkten werden wir denselben doch bis in das Greisenalter seines Rivalen oder circa bis Ol. 5—10 hinaufrücken müssen. Will man indes an der von den Chronographen überlieferten Lebenszeit nicht rütteln, so steht uns noch ein anderer Ausweg offen, indem in den Scholien zu Eur. Troad. 822 andere Verfasser der kleinen Ilias angegeben werden, nämlich Thestorides aus Phokeia, Diodoros aus Erythrä, Kynaithon aus Lakedämon, der letzte, der um Ol. 4 nach Eusebios blühte, auf Grund der Annahme der Logographen Hellanikos aus Lesbos.

Die Nostoi des Hagias knüpften an die Iliupersis des Arktinos und die kleine Ilias des Lesches an, indem sie von dem dort erwähnten und begründeten Zorn der Athene ausgingen. Für ihre Zeitbestimmung haben wir einen festen terminus ante quem in der Nachricht des Strabo XIV p. 668 über den Elegiker Kallinos: Καλλῖνος δὲ τὸν μὲν Κάλχαντα ἐν Κλάρῳ τελευτῆσαι τὸν βίον φησί, τοὺς δὲ λαοὺς μετὰ Μόψου τὸν Ταῦρον ὑπερθέντας τοὺς μὲν ἐν Παμφυλίᾳ μεῖναι, τοὺς δ' ἐν Κιλικίᾳ μερισθῆναι καὶ Συρίᾳ μέχρι καὶ Φοινίκης. Demnach hat also Kallinos, der im Anfang des 7. Jahrhunderts lebte, die Nostoi bereits gekannt. Denn nach dem Auszug des Proklos war in den Nostoi erzählt worden, dass die Leute des Kalchas, Leonteus und Polypeithes zu Land heimkehrend nach Kolophon kamen und dort den gestorbenen Kalchas[1]) begruben. Ob dann die Nostoi auch noch die

---

1) Τειρεσίας ist die überlieferte, aber längst verbesserte Lesart, die nichtsdestoweniger neuerdings noch Kirchhoff Hom. Odyss. S. 388 aufrecht erhält.

Fortsetzung des Zuges bis nach Pamphylien beschrieben haben, oder ob erst ein anderer diese hinzugefügt hat, lässt sich nicht entscheiden. Jedenfalls sind demnach die Nostoi noch vor Kallinos und vor der Mitte des 7. Jahrhunderts entstanden. Die literarhistorischen Verhältnisse sprechen nicht gegen den Ansatz Ol. 22, den die Gründung der Colonie Phaselis in Pamphylien an die Hand gibt. Zwar konnten auch schon vor Gründung von Phaselis griechische Seefahrten nach Pamphylien in Verbindung mit der Anlage von Mallos und Aspendos stattgefunden haben, wahrscheinlicher aber ist es doch, dass die poetische Ausstattung der Gründungsgeschichte erst einige Olympiaden nach der wirklichen Gründung, also etwa um Ol. 25—30 erfolgt sei.

Am wenigsten Andeutungen zur Bestimmung der Abfassungszeit haben wir über die Kyprien. Bei ihnen hat sich das Altertum selbst über den Namen des Verfassers nicht einigen können, wenn auch namentlich durch den Einfluss des Kyklographen Dionysios Skythobrachion der Name Stasinos als Dichter der Kyprien am meisten durchdrang. Auch die Geschichte von Kypern, auf welcher Insel unter dem Einfluss des Cultes der kyprischen Göttin Aphrodite offenbar das Epos entstanden ist, bietet keinen festen Anhaltspunkt zur Zeitbestimmung, da man höchstens geltend machen kann, dass die Gründungsgeschichte Kyperns bereits in dem Schiffskatalog durch Heranziehung des Arkadiers Agapenor berücksichtigt ist und dass mit dem Jahre 709 durch die Eroberungen des Königs Sargon die griechische Cultur auf der Insel zurücktreten musste. Auf festeren Boden versetzen uns nur die im vorhergehenden Kapitel festgestellten Thatsachen, dass der Dichter der jüngeren Erweiterung der Odyssee wohl den Arktinos und die kleine Ilias, aber nicht auch die Nostoi und die Kyprien kannte. Wir können demnach die Kyprien nicht vor Ol. 15 setzen, werden aber nicht leicht viel weiter herabgehen. Denn einmal spricht die fast durchgängige Wahrung des Digammas in den erhaltenen Fragmenten[1]) für ein höheres Alter, sodann erklärt sich die Rolle des Nauplios in den Nostoi und dem davon ausgehenden Stücke des Sophokles Ναύπλιος πυρκαεύς nur aus der Erzählung der Kyprien von der hinterlistigen Ermordung des Palamedes. Auch habe ich die Vermutung, dass der Epiker Eumelos sich auf eine in den Kyprien erzählte Mythe bezog. In den letzteren hatte nämlich Nestor, als ihm der Raub der Helena gemeldet worden, in redseliger Breite erzählt, ὡς Ἐπωπεὺς φθείρας τὴν Λύκου θυγατέρα ἐπορθήθη. Dieser Epopeus war aber der Vater des Marathon und von diesem hatte Eumelos nach Pausanias II 1, 1 berichtet: Μαραθῶνα τὸν Ἐπωπέως τοῦ Ἀλωέως τοῦ Ἡλίου φεύγοντα[2]) ἀνομίαν καὶ ὕβριν τοῦ πατρὸς ἐς τὰ παραθαλάσσια μετοικῆσαι τῆς Ἀττικῆς. Die übermütige Handlung wird eben die in den Kyprien von Nestor erzählte gewesen sein. Freilich wüsste ich auch ausser allgemeinen Erwägungen kein spezielles Moment geltend zu machen, wenn einer das Verhältnis umkehren und den Eumelos zur Quelle der Kyprien machen wollte.[3])

Gegen meine ganze Auffassung aber, dass die Kyprien jünger als die Telemachie und der Schiffskatalog und somit

---

1) So hat das Digamma in dem Verse εἵματα μὲν χροΐ ἔστο, τά οἱ Χάριτές τε καὶ Ὧραι gleich zweimal Geltung. Vergleiche Flach die hesiodeische Theogonie S. 13. Es ist eine wenig überlegte Bemerkung von Düntzer, Die homerischen Fragen S. 146 ff., wenn er diesen sprachlichen Momenten keine Beweiskraft beimessen will.

2) So emendiere ich das überlieferte φεύγοντος.

3) Auf einem anderen Weg hat Sengebusch Jahrb. f. Phil. 67, 410 die Abfassungszeit der Kyprien auf 500 nach den Troika oder circa 680 v. Chr. anzusetzen gesucht, indem er die Angabe des Theopompos, dass Homer 500 Jahre nach den Troika gelebt habe, für eine Ueberlieferung der kyprischen Homeridenschule ausgab. Wie haltlos aber diese Combination sei, hat schon Düntzer, die homerischen Fragen S. 129 f. nachgewiesen.

auch jünger als die kleine Ilias seien, scheint nur das in den Scholien zu T 326 erhaltene Fragment zu sprechen: ὁ δὲ τὴν μικρὰν Ἰλιάδα γράψας φησὶν ἀναζευγνύντα αὐτὸν (sc. τὸν Ἀχιλλέα) ἀπὸ Τηλέφου προσορμισθῆναι ἐκεῖ· Πηλείδην Ἀχιλῆα φέρε Σκῦρόνδε θύελλα, ἔνθ᾽ ὅ γ᾽ ἐς ἀργάλεον λιμέν᾽ ἵκετο νυκτὸς ἀμολγῷ. Zwar nimmt Welcker Ep. Cycl. II 240 an, dass die Verschlagung des Achilleus nach Skyros bei Gelegenheit der Abholung seines Sohnes erzählt worden sei; aber der ganze Ton der Verse passt besser in eine ausführliche Erzählung als in eine gelegentliche Anführung, und die Erwähnung des Telephos setzt den ganzen teuthranischen Krieg voraus, so dass der Verfasser der kleinen Ilias hier die Erzählung der Kyprien müsste benützt und rekapituliert haben. Aber lieber als sich so mit Notbehelfen durchzudrücken nehme ich kurz gefasst einen Gedächtnisfehler des Scholiasten an, der dann auch auf Eustathios überging, und korrigiere frischweg ὁ δὲ τὰ Κύπρια γράψας, wie auch zwei Verse der Telegonie durch den Irrtum des Eustathios unter die Fragmente der Νόστοι bei Kinkel fr. 9 gekommen sind; siehe S. 33 Anm.

Kynaithos.

Wer im Laufe des 8. Jahrhunderts zur alten Ilias und Odyssee die umfangreichen Zusätze, die Doloneia, die Waffenschmiedung, die Telemachie, die Nekyia hinzugedichtet hat, darüber auch nur eine Vermutung aufstellen zu wollen, hiesse Wasser in das Danaidenfass schöpfen. Hingegen scheint uns über den Urheber der jüngsten Interpolationen, welche der Ilias und Odyssee auch nach ihrem wesentlichen Abschluss noch eingefügt wurden, ein bestimmtes Zeugnis vorzuliegen in dem bekannten Scholion zu Pindar Nem. II 1: καὶ οἱ ῥαψῳδοί, οὐκέτι τὸ γένος εἰς Ὅμηρον ἀνάγοντες Ὁμηρίδαι ἐλέγοντο· ἐπιφανεῖς δὲ ἐγένοντο οἱ περὶ Κύναιθον, οὕς φασι πολλὰ τῶν ἐπῶν ποιήσαντας ἐμβαλεῖν εἰς τὴν Ὁμήρου ποίησιν. ἦν δὲ ὁ Κύναιθος Χῖος, ὃς καὶ τῶν Ὁμήρου ποιημάτων τὸν εἰς Ἀπόλλωνα γεγραμμένον ὕμνον λέγεται πεποιηκέναι. οὗτος ὁ Κύναιϑος πρῶτος ἐν Συρακούσαις ἐρραψῴδησε τὰ Ὁμήρου ἔπη κατὰ τὴν ἑξηκοστὴν ἐννάτην Ὀλυμπιάδα, ὡς Ἱππόστρατός φησιν. Der Gewährsmann des letzten Passus des Scholion, Hippostratos, ist nicht zu verachten; es ist derselbe Genealoge, dessen γενεαλογίαι Σικελικαί den Erklärern des Pindar mehrere gute Notizen über Theron und dessen Geschlecht boten; siehe C. Müller fragm. hist. graec. IV 432 f. Aber die Zeitangabe Ol. 69 ist verdächtig. Denn Homer war schon längst vor jenem Zeitpunkt in Sicilien bekannt geworden, worüber hinlänglich Welcker Ep. Cycl. I 227 ff. gehandelt hat[1]), und wollte man auch das Bekanntwerden des Dichters von der Einführung rhapsodischer Vorträge trennen, so können doch auch letztere schwerlich so spät erst in Syrakus in Aufnahme gekommen sein, zumal schon 100 Jahre zuvor in der kleinen Stadt Sikyon die Rhapsodenvorträge durch Kleisthenes (s. Herodot V. 67) wieder abgeschafft worden waren. Jedenfalls aber müsste die Richtigkeit der überlieferten Zahl unbedingt verworfen werden, wenn der in den Scholien vorausgehende Satz, dass Kynaithos den Hymnus auf Apollo verfasst habe, wahr wäre oder wenn er nur von Hippostratos[2]) herrührte. Denn von den beiden Hym-

---

1) Welcker hat in Folge dessen vorgeschlagen zu lesen τὴν ἕκτην ἢ τὴν ἐννάτην ὀλιμπιάδα, indem er den Rhapsoden Kynaithos aus Chios mit dem Dichter Kynaithon aus Lakedämon identificierte, wogegen sich mit Recht schon Markscheffel, Hesiodi fragm. S. 245 ff. ausgesprochen hat. Für die frühe Verbreitung Homers in Sicilien, wenn auch nicht durch Rhapsodenvorträge, spricht auch, dass Stesichoros in seinen epischen Gesängen, welche er an die Stelle der homerischen Rhapsodien setzte, wohl Stoffe des Kyklos, wie Ἰλίου πέρσις, Ὀρεστεία, Νόστοι, Ἑλένα, nicht aber auch Stoffe der Ilias und Odyssee behandelte, dieses doch wohl weil die letzteren schon allzusehr durch Homer bekannt waren.

2) Es kann aber jedenfalls nur der Hymnus auf den delischen Apollo in Betracht kommen; denn der auf den pythischen rührte aus der Schule des Hesiod her, jedenfalls nicht, wie schon das stärker haftende Digamma zeigt, von einem jonischen Dichter aus Chios.

nen auf Apollo ist, wie Baumeister in seiner Ausgabe der Hymnen S. 113 mit Evidenz nachgewiesen hat, der auf den delischen Apollo älter als der auf den pythischen, der letztere aber nach Vers 83 ff. vor Einführung der curulischen Wettkämpfe in Delphi oder vor Ol. 48, 3 etwa um Ol. 46 gedichtet worden. Nun lässt sich zwar keineswegs beweisen, dass sich das Citat des Hippostratos auf den ganzen Inhalt des Scholion, nicht auf den Vortrag des Rhapsoden Kynaithos in Syrakus allein beziehe; aber auch das Gegenteil wird man nicht beweisen können, und so ganz grundlos wird doch in keinem Falle die einem Autor, wie Thukydides III 106, widersprechende Annahme, dass nicht Homer, sondern der Homeride Kynaithos den Hymnus auf Apollo verfasst habe, gewesen sein. Es hiesse aber die alten Kritiker sich allzu leichtfertig vorstellen, wenn man annehmen wollte, dass bloss der Umstand, dass Kynaithos ein Chier war und sich auch der Dichter des Hymnus auf den delischen Apollo als einen Chier bekennt (V. 172 τυφλὸς ἀνὴρ οἰκεῖ δὲ Χίῳ ἐνὶ παιπαλοέσσῃ) jene Hypothese veranlasst habe. Dazu kommt, dass unlängst Fick, Hom. Odyssee S. 280 nachgewiesen hat, wie in der That die Worte des Hymnus auf den delischen Apollo V. 14—6

χαῖρε, μάκαιρ' ὦ Λατοῖ, ἐπεὶ τέκες ἀγλαὰ τέκνα,
Ἀπόλλωνά τ' ἄνακτα καὶ Ἄρτεμιν ἰοχέαιραν,
τὴν μὲν ἐν Ὀρτυγίῃ, τὸν δὲ κραναῇ ἐνὶ Δήλῳ

eine Andeutung enthalten, dass der Verfasser derselben mit den Verhältnissen Siciliens und Syrakus vertraut war.[1]) Da

---

1) Dort ist von Fick noch die weitere Vermutung ausgesprochen, dass bei Plinius IV 12, 22 zu lesen sei: hanc (sc. Delum) Aristoteles ita appellatam prodidit, quoniam repente apparuerit enata, Aglaosthenes Cynthiam, alii Ortygiam Asteriam Lagiam Chlamydiam, Cynaethum pyrpolen (Cynaethum pyrpilen codd.). Da aber jenes πυρπόλη nicht in dem Hymnus steht, schwerlich auch aus Δήλοιο περικλύστης V. 181 entstanden ist, so muss ich die Sache dahingestellt sein lassen.

aber diese Verse mit Recht schon von G. Hermann ausgeschieden wurden und man auch nicht wohl einsieht, wie dieselben aus einem früheren doppelten Schluss des Hymnus, was die Meinung Fick's ist, gerade an diese Stelle verschlagen sein sollen, so neige ich mich mehr der Meinung zu, dass Kynaithos nicht der Verfasser des Hymnus auf den delischen Apollo, sondern nur dessen Interpolator war. Die Interpolationen unseres Hymnus gehen aber, wie man aus den interpolierten Versen 20—24 deutlich erkennt, auf den Text des inzwischen erschienenen Hymnus auf den pythischen Apollo zurück, so dass Kynaithos nicht vor dem Erscheinen jenes zweiten Hymnus, oder nicht vor Ol. 46 gelebt haben kann. Ob nun aber das überlieferte $\varkappa\alpha\tau\grave{\alpha}\ \dot{o}\lambda\nu\mu\pi\iota\acute{\alpha}\delta\alpha\ \dot{\epsilon}\xi\eta\varkappa o\sigma\tau\grave{\eta}\nu\ \varkappa\alpha\grave{\iota}\ \dot{\epsilon}\nu\nu\acute{\alpha}\tau\eta\nu$ oder $\varkappa\alpha\tau\grave{\alpha}\ \dot{o}\lambda.\ \xi\vartheta'$ in $\varkappa\alpha\tau\grave{\alpha}\ \dot{o}\lambda.\ \nu\vartheta'$ oder $\varkappa\alpha\tau\grave{\alpha}\ \dot{o}\lambda.\ o\vartheta'$ zu emendieren sei oder zuletzt doch gehalten werden könne, darüber wage ich keine Entscheidung.

Nun nachdem wir bis zu den äussersten Ausläufern der homerischen Poesie herabgegangen sind, müssen wir schliesslich auch noch, bevor wir unsere Resultate zusammenfassen, uns zu den Anfängen derselben zurückwenden. Wir werden uns dabei nicht an fingierte Stammbäume halten, selbst nicht an dunkle Ueberlieferungen, wie von der Verpflanzung der homerischen Gedichte von Samos nach Sparta durch den König Lykurg, vielmehr nach dem alten Grundsatz des Aristarch den Homer lediglich aus dem Homer selbst zu erklären suchen. Wir sagen also, dass die Anschauungen von den Göttern und den menschlichen Kulturverhältnissen wesentlich dieselben sind in den jüngsten Gesängen der Odyssee und in den ältesten der Ilias, dass die Sprache der Odyssee zwar einen kleinen Verfall gegenüber der der Ilias in dem weiteren Umsichgreifen der Contraction und dem Zurücktreten der Kraft des Digammas aufweist[1]), aber doch immer noch

---

1) Die Belege dafür sind in meiner schon früher der Akademie

als die Sprache der gleichen Entwicklungsstufe erscheint, dass endlich der einheitliche Plan der Ilias und Odyssee und die nahe Berührung der jüngeren Teile der Ilias mit der alten Odyssee uns in jenen Gedichten das Werk wenn nicht eines Meisters, so doch einer Schule und weniger Generationen erkennen lassen. Das alles erlaubt uns kaum für die Anfänge der homerischen Poesie mehr als 100 Jahre über den Beginn der Olympiaden hinaufzugehen.¹) Vor einem erheblich höheren Ansatz, namentlich vor einem Hinaufgehen bis in die Zeit kurz nach dem troischen Krieg muss uns schon der Ausdruck οἷοι νῦν βροτοί εἰσιν (E 304. M 383. 449. Y 287. A 272. δ 222) abhalten, welcher einen bedeutenden Abstand der kleinen Gegenwart von der Grösse der Heroenzeit zur notwendigen Voraussetzung hat. Aber auch der Ansatz des Aristarch, dessen Wahrspruch wir im übrigen dieser Untersuchung zugrunde legten, ist noch viel zu hoch gegriffen. Denn wenn der grosse Gelehrte 140 nach den Troika oder 267 vor den Olympiaden die jonische Wanderung und zugleich die Lebenszeit des Homer ansetzte, so ist zwar dabei richtig erkannt, dass Ilias und Odyssee in Kleinasien entstanden sind, wohin uns der von Thrakien herwehende Zephyr, die lärmenden Gänse und Kraniche der asischen Wiese am Kaystros, der helikonische Poseidon der Panionia und tausend andere Dinge weisen, ist dabei aber übersehen, dass ein so hoher Grad der Kultur und des Wohlstandes, wie die Schilderungen Homers namentlich in der Odyssee verraten, eine lange, fast möchte ich sagen, jahrhundertjährige Ansiedelung voraussetzen. Kurzweg zu den Gedichten Homers selbst passt am besten die Angabe des

---

vorgelegten, aber noch nicht zum Drucke gekommenen Abhandlung 'Homer und die Homeriden' enthalten.

1) Ich begegne mich in dieser Annahme fast ganz mit Düntzer, homerische Fragen S. 151 f.

Herodot II 53, dass Homer 400 Jahre und nicht mehr vor ihm gelebt habe.

Aber gegen diese innere Wahrscheinlichkeit scheinen nun mehrere äussere Umstände zu sprechen, die in unserer Zeit durch das Auffinden hieroglyphischer Texte eine erhöhte Bedeutung gewonnen haben und die den berühmten englischen Staatsmann und Homererklärer Gladstone verleitet haben in seinem Buche 'Homeric synchronism', London 1876, die bisherigen chronologischen Daten umzustürzen und den Fall Trojas zugleich mit Homer in die Zeit zwischen 1387 und 1226 zu verlegen.[1]) Unter den Motiven ist eins, das schon längst bekannt war und auf die Schilderungen der Ilias und Odyssee selbst basiert, ich meine die häufige Erwähnung der Sidonier (Z 289 ff. Ψ 743. δ 84. 618. ν 285) und ihrer Stadt Sidon (ο 425). Es kann nach jenen Stellen nicht zweifelhaft sein, dass noch in Homers Zeit phönikische Kaufleute, die sich für Sidonier ausgaben, in den Häfen griechischer Städte verkehrten, oder dass doch unter den Zeitgenossen des Dichters sich die Erinnerung an jene Krämer von Sidon noch lebendig erhalten hatte. Da nun aber um 1209 die Macht von Sidon auf Tyrus überging, so schliesst daraus Gladstone, Homer müsse noch zur Blütezeit Sidons oder vor dem 12. Jahrhundert gelebt haben. Dem hat man längst entgegengehalten, dass wenn auch seit dem 12. Jahrhundert von den phönikischen Städten Tyrus sich zur grösseren Bedeutung aufschwang, doch die Sidonier ihre Seemacht nicht ganz einbüssten, vielmehr noch zur Zeit der Perserkriege nach Herodot VII 96 die bestsegelnden Schiffe stellten, so dass die Tyrier durch ihre Fahrten nach Westen und durch Gründung der Colonien in Afrika und Spanien

---

1) Im Altertum wurde Trojas Fall von Thrasyllos auf 1193, von Manetho auf 1198, von Eratosthenes und Apollodor auf 1184/3, von Timaios auf 1335 vor unserer Zeitrechnung angesetzt; siehe Unger, Die Chronik des Apollodoros, im Philol. XLI, 603 f.

ihre neue Macht begründet, die Sidonier aber ihre alten Handelsverbindungen im ägäischen Meere noch Jahrhunderte lange behauptet und erhalten zu haben scheinen.

Auch der Preis des hundertthorigen Thebens in *I* 381 u. *δ* 126 als der reichsten und glänzendsten Stadt Aegyptens ist längst beachtet worden, aber übereilt ist es, wenn Gladstone S. 150 daraus schliesst 'the references in the poems to egyptian Thebes prove that they belong to the period when that city was suprem in Egypt' und demnach für Homer nur die Zeit zwischen 1530 bis 1100 übrig lässt. Vor einem solchen voreiligen Schluss sollte schon der Umstand warnen, dass jene 2 Stellen sich in den jüngsten Partien der Ilias finden, dass überhaupt die Telemachie, die jüngste Blüte am Baume der homerischen Poesie, die meiste Kenntnis von Aegypten verrät. Das muss jeden Unbefangenen zur Vermutung führen, dass jene Nachrichten über Aegypten und das ägyptische Theben nicht auf Erinnerung alter Beziehungen zwischen Achäern und Aegyptiern zurückgehen, sondern aus den Nachrichten der neuen Afrikasegler und dem jüngsten Aufschluss des ägyptischen Landes geflossen sind. War aber auch damals längst der Sitz der ägyptischen Könige in das Deltaland verlegt worden, so bestand doch noch die alte Königstadt Theben mit ihren Säulenalleen und Prachtbauten und konnte gerade wegen ihrer fernen Lage zu um so feenhafterem Glanze in dem Munde der Fremden heranwachsen.

Mit diesen zwei Argumenten lässt sich also mit nichten für Homer ein Alter von über 1200 Jahren v. Chr. erschliessen. Wollen wir sehen, ob es mit den neuen Argumenten, welche uns die Hieroglyphen erschlossen haben, besser bestellt ist! Es haben uns also ägyptische Papyri Kunde gebracht von drei grossen Völkercoalitionen gegen die ägyptischen Könige Ramses II (um 1406 v. Chr.), Merepthah (um 1345 v. Chr.), Ramses III (1306 v. Chr.), bei welchen Coalitionen mehrere Namen vorkommen, die an uns bekannte Namen der griechischen und italischen Geschichte anklingen. Insbesondere haben die Aegyptologen folgende Namen zusammengestellt: Dardani = $Δάρδανοι$, Tekkra = $Τεῦκροι$, Daanau = $Δαναοί$, Achaiusha = $Ἀχαιοί$, Leku = $Λακεδαιμόνιοι$, Kheta (Hittiten des alten Testamentes) = $Κήτειοι$, Lebu = $Λίβυες$, Shekulsha = $Σικελοί$, Shardana = $Σαρδόνιοι$, Luka = $Λύκιοι$, Maaucu = $Μυσοί$, Turska = $Τυρρηνοί$, Chirabu = $Χάλυβες$.

Man sieht, so ganz glatt geht es mit der Identificierung nicht ab; bedenklicher aber ist, dass der Krieg gegen Ramses II, wobei die Luka, Dardani, Kheta, Chirabu vorkommen, in Syrien zu Land im Thale des Orontes ausgefochten wurde, dass im zweiten Krieg gegen Merepthah die Libyer (Lebu), mit denen die Shardana, Achaiusha, Leku, Turska, Shekulsha verbündet waren, zu Land von der Nordwestgrenze in Aegypten einfielen, dass endlich auch im dritten Krieg gegen Ramses III. Syrien der Hauptkriegsschauplatz war, wobei die Pelesta, Tekkra und Shekulsha zur See, die Daanau, Turska u. A. zu Land operierten. Diese weiten Entfernungen von dem Wohnsitze der uns bekannten $Δάρδανοι$ $Κήτειοι$ $Λακεδαιμόνιοι$ $Σικελοί$ müssen das grösste Misstrauen in die versuchten Zusammenstellungen samt und sonders erregen, müssen uns insbesondere, bevor nicht etwa neue Texte näheren Aufschluss über die Wohnsitze und Hauptstädte der fraglichen Völker bringen, vor jedem Schluss warnen, dem sicherer und besser begründete Sätze aus der griechischen Geschichte entgegenstehen. Von den Folgerungen, welche Gladstone daraus gezogen hat, fordern gerade die eingreifendsten den entschiedensten Widerspruch heraus.

Die $Κήτειοι$ des Homer λ 521 sind die Mannen des Eurypylos, dessen Vater Telephos sein Reich in Mysien hatte, haben also mit den Hittiten in Syrien nichts zu thun, so dass sich höchstens die Annahme hören liesse, die $Κήτειοι$

in Mysien seien mit den Hittiten in Syrien verwandt gewesen und von den Dichtern ähnlich wie die beiden Lykier mit einander vertauscht worden. Daraus aber, dass Homer a. O. den Eurypylos den schönsten Mann nach Memnon nennt, schliessen zu wollen, dass Eurypylos und Memnon demselben Volksstamme (of the same race p. 170) angehörten und Memnon der ursprüngliche Befehlshaber der Keteier war, heisst ein wahres Spiel mit den Gesetzen der Logik treiben.

Es ist ein Luftbau, aus der Zeit der Coalition der Hittiten gegen den ägyptischen König Ramses II die Epoche des trojanischen Krieges ableiten zu wollen, selbst wenn zugegeben wird, dass die Dardani und $\Delta άρδανοι$ identisch sind und dass die Dardaner am Hellespont sich an jenen Kriegszügen gegen Aegypten betheiligt haben. Der Bau gründet sich nämlich auf die Stammtafel bei Homer Y 215 ff. $\Delta άρδανος$, $Ἐριχθόνιος$ $Τρώς$, $Ἶλος$ $Ἀσσάραχος$ $Γανυμήδης$, $\Lambda αομέδων$ $Κάπυς$, $Πρίαμος$ $Ἀγχίσης$, $Ἕκτωρ$ $Αἰνείας$. Ein Historiker und Archäologe sollte aber wissen, was er von solchen Stammbäumen, in deren Erfindung die Griechen unerschöpflich waren, zu halten habe, zumal wenn die Fiction eines Heros $\Delta άρδανος$ aus dem Volksnamen $\Delta άρδανοι$, eines $Τρώς$ aus dem Volke der Troer, eines Ilos aus der Stadt Ilios so auf platter Hand liegt. Da nun aber schon der sprachlichen Form nach die $\Delta άρδανοι$ nicht von $\Delta άρδανος$ benannt sind, was berechtigt dann Gladstone dazu, aus dem Namen Dardani auf einem Dokument von 1406 zu schliessen, dass Dardania zwischen 1466 und 1406 gebaut sei und demnach die Zerstörung Trojas 6 Menschenalter später zwischen 1286 und 1226 falle?

Aber selbst wenn wir auch diese neue Aera anerkennen wollten, so folgte daraus noch nichts für die neue, von Gladstone versuchte Datirung Homers. Wie oben bemerkt, dachte sich Homer die Menschen seiner Zeit durch eine weite Kluft von den Helden vor Troja getrennt; es kann daher

Homer nach seinem eigenen Zeugnis, das doch mehr wiegt als jene Papyri mit ihren hypothesenreichen Namen, nicht in die nächsten Zeiten nach Trojas Fall hinaufgerückt werden. Spuren aber von Kenntnis ägyptischer Dinge, welche Gladstone an der Hand eines so unsicheren Führers wie Lauths Programm 'Homer und Aegypten' aufzählt, finden sich nur in den jüngsten Gesängen der homerischen Dichtungen, führen uns also eher in die Nähe der Zeit des Psammetich als in die des Sesostris. Am Geiste des Homer aber versündigt sich, wer mit Gladstone S. 198 ff. die originelle Schilderung der Kampfesscenen der Ilias zum Widerhall der Kampfesberichte Ramses II degradieren und in dem ägyptischen König mit seiner riesigen Kraft und seinen 166 Kindern das Urbild des kinderreichen Priamos und des heldenmässigen Achill zugleich finden will.

So viel zur Rechtfertigung, dass wir in der Datierung Homers uns nicht von unsicheren äusseren Umständen leiten liessen und dem in Deutschland nur nicht anerkannten, nicht aber unbekannten Buche Gladstones[1]) uns ebensowenig wie der Hittitenhypothese von Professor Sayce[2]) anzuvertrauen wagten.

Zum Schluss wollen wir nun noch die positiven Resultate

---

1) Mit feiner Ironie besprach das Buch Kammer in Burmians Jahresberichten der Altertumswissenschaft 1877 S. 152 ff.

2) In der Vorrede zum neuesten Werke Schliemann's. Troja, mit dessen Uebersendung mich der berühmte Verfasser, das auswärtige Mitglied unserer Akademie, erfreut hat. Schliemann selbst hält zwar auch jetzt noch, wie ich aus einem seiner Briefe erfahren, grosse Stücke auf die Hypothese Sayce's, die überhaupt in gewissen Kreisen nicht als das, was sie ist, als kühne Hypothese, sondern als eine urkundlich erwiesene und durch Monumente bestätigte Thatsache angesehen wird. Urteilt man so von dem Ergebnis der Ausgrabungen Schliemann's auf Hisarlik-Ilion, so stimme ich aus vollem Herzen bei; aber von den Hittiten zeige uns erst Sayce ihren Wohnsitz und ihre Hauptstadt!

unserer Untersuchungen in einer chronologischen Tabelle zusammenzustellen suchen:

Ilias entworfen und in ihren wesentlichsten Teilen gedichtet im 9. Jahrhundert.

Am Schluss des 9. oder im Anfang des 8. Jahrhunderts die jüngsten Gesänge der Ilias, wie Doloneia, Leichenspiele, Hektors Lösung hinzugedichtet.

Die alte Odyssee, der Nostos Odysseos und der Freiermord, um dieselbe Zeit wie die jüngsten Gesänge der Ilias gedichtet.

Blüte des Hesiod, des Begründers der böotischen Dichterschule, nach Abschluss der Ilias und nach der alten Odyssee noch vor Beginn der Olympiadenrechnung.

Blüte der Dichter des epischen Kyklos in den ersten Dekaden der Olympiadenrechnung; der älteste von ihnen Arktinos, der Dichter der Aithiopis und der Iliupersis, lebte um Ol. 1; ihm folgte der Dichter der kleinen Ilias um Ol. 8; nach diesem die Kypria um Ol. 20 und die Nostoi um Ol. 25.

Erweiterung der Odyssee durch Zudichtung der Telemachie, der Nekyia und der anderthalb letzten Gesänge nach der Aithiopis, Iliupersis und kleinen Ilias vor Ol. 15.

Kurz vor der Telemachie um Ol. 10 Dichtung des Schiffskataloges durch ein Glied der böotischen Dichterschule.

Bald nach Ol. 20 Beginn neuer Gattungen der Literatur, der Elegie und der jambischen Poesie. Einlage einzelner Interpolationen in Ilias und Odyssee.